KB061463

KOREA → AUSTRALIA

서호주 탐험가를 위한 과학 안내서

지구 태초의 모습을 찾아 떠나다

조진호 글·그림

위즈덤하우스

차례

서호주 탐험 주요 경로

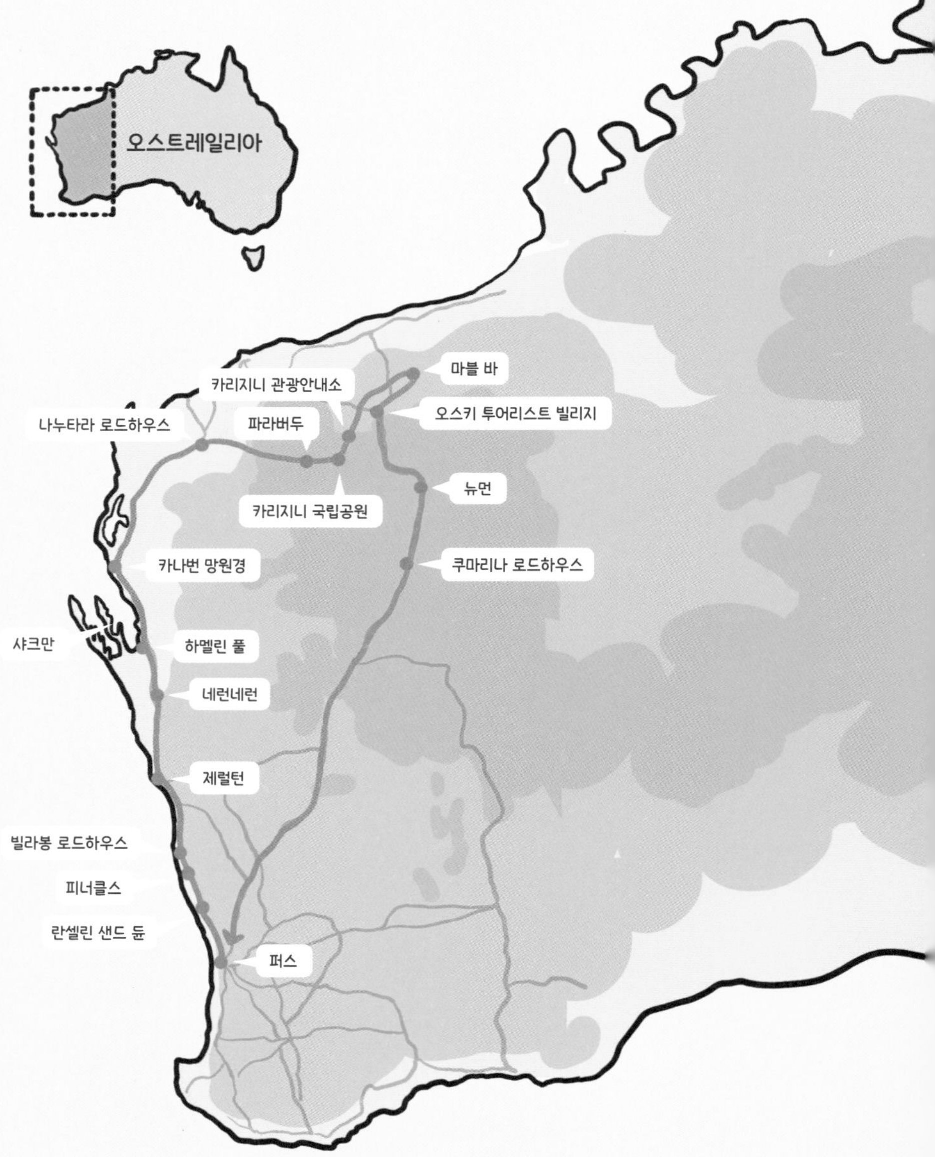
오스트레일리아
마블 바
카리지니 관광안내소
오스키 투어리스트 빌리지
나누타라 로드하우스
파라버두
뉴먼
카리지니 국립공원
카나번 망원경
쿠마리나 로드하우스
샤크만
하멜린 풀
네런네런
제럴턴
빌라봉 로드하우스
피너클스
란셀린 샌드 듄
퍼스

최악의 오지, 서호주로 탐험을 떠나다!

폭포, 울창한 숲은 찾아볼 수 없이 황량한 곳이 바로 '서호주'다. 주도 퍼스에서 출발해 해안선을 따라 북쪽으로 올라가면 금세 문명의 흔적은 사라지고 지평선과 만나는 도로, 나지막한 덤불, 유칼립투스 외에는 아무것도 없는 최악의 오지가 펼쳐진다. 바로 이곳에 한국의 초짜 탐험대가 간다. 예술가, 박물관 큐레이터, 과학 저술가, 생물 교사로 이루어진 탐험대가 과학과 자연의 경이로움을 마주하는 꿈을 안고 서호주로 출발한 것이다. 그러나 순진한 탐험대에게 쉽게 자리를 내어줄 서호주가 아니다. 계획한 여정은 어그러지고 가혹한 자연환경에 멈춰선 자동차까지, 매일 새로운 난관에 봉착하는 그들! 하지만 선택의 여지는 없다. 계속 전진할 수밖에.

지금부터 전개될 이야기는 5,000킬로미터 넘게 서호주를 달린 보름간의 기록이자, 탐험 실패담이다. 성과 없는 탐험의 기록이 무슨 의미가 있냐고? 하지만 시간이 지날수록 기록의 조바심은 또렷해져갔다. 우리의 이야기에는 대자연의 공포와 공허, 과학의 경이로움과 과학자에 대한 존경이 담겨 있다. 서호주에는 과학의 역사로 기록된 자연과 척박한 환경에서 고군분투하는 세계의 지질학자와 생물학자, 우주학자, 광부 들이, 그리고 체험한 자만이 느낄 수 있는 감각의 세계가 있다.

드넓은 사막에서 들리던 나지막한 바람 소리, 모닥불의 따스함, 흙의 냄새, 밤하늘의 쏟아지는 별들, 그리고 무엇에도 방해받지 않았던 나 자신과의 대화를 말이다.

탐험지

- 퍼스(Perth)
- 란셀린 샌드 듄(Lancelin Sand Dunes)
- 피너클스 사막(Pinnacles Desert)
- 빌라봉 로드하우스(Billabong Roadhouse)
- 제럴턴(Geraldton)
- 샤크만(Shark Bay)
- 카블라 포인트(Carbla Point)
- 네런네런 캠핑장(Nerren Nerren Camp)
- 카나번 망원경(Carnarvon telescope)
- 나누타라 로드하우스(Nanutarra Roadhouse)
- 파라버두(Paraburdoo Rd)
- 카리지니 국립공원(Karijini National Park)
- 카리지니 관광안내소(Karijini Visitor Centre)
- 마블 바(Marble Bar)
- 뉴먼(Newman)
- 쿠마리나 로드하우스(Kumarina Roadhouse)

탐험대 구성원

강소영 예술가

- 워커홀릭
- 호탕한 성격이나 가끔 감정 기복이 심함
- 오지 탐험에 최적화된 강인한 투지력
- 야생 요리 담당 전문가

김리나 과학관 큐레이터

- 내향적이며 지나치게 꼼꼼함
- 취미는 기념품 모으기
- 탐험 경비 예산 짜기와 지출 담당
- 카메라, 가방, 복장 등에 최고를 추구

조진호 생물 교사이자 과학 저술가

- 우유부단하며 생각이 많음
- 멤버 간 갈등 조정
- 불 지피고 끄기 담당
- 관련 과학 지식 설명

송철용 탐험대의 대장이자 과학 저널리스트

- 도전 정신이 강하며 추진력이 있음
- 섬세함이 약간⋯⋯ 아니, 거의 없음
- 조진호와 텐트 설치 및 철거 담당
- 서호주 탐험 경험 다수

· 등장인물 중 김리나, 송철용은 가명임을 밝힙니다.

서호주 탐험의 서막이 오르다

한국의 인천에서 호주의 퍼스로

어제와 똑같이 살면서 다른 미래를 기대하는 것은
정신병의 초기 증세다.

· 알버트 아인슈타인(Albert Einstein, 1879~1955)

부릉 부르릉~~

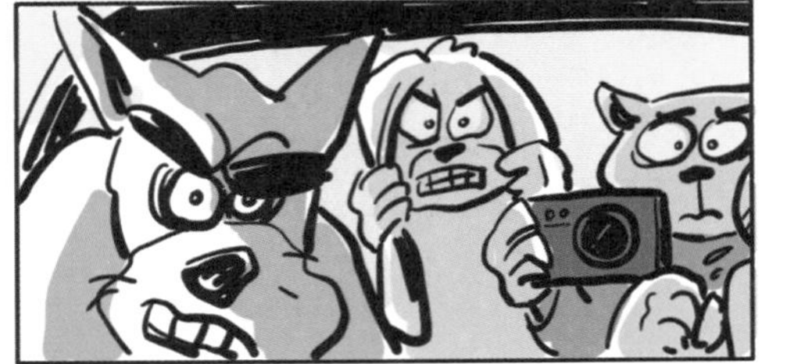

밟아!

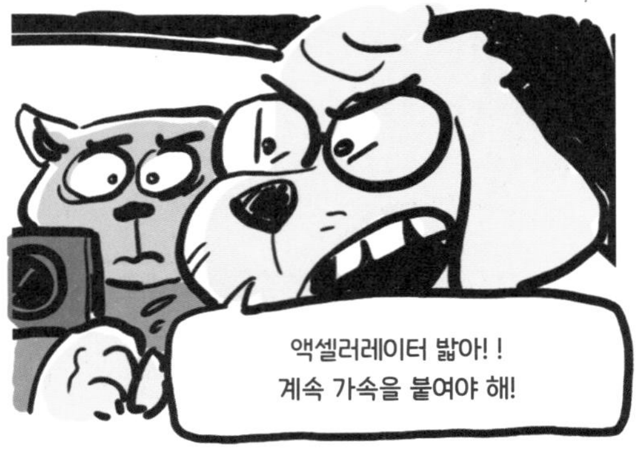

액셀러레이터 밟아! !
계속 가속을 붙여야 해!

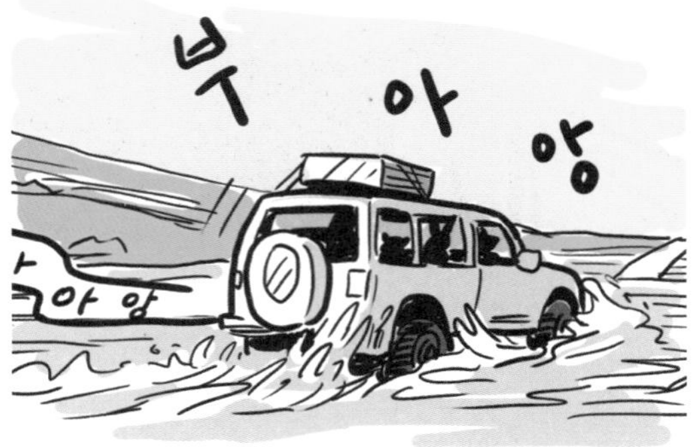

부 아 앙

추르르르
슈욱~~
쿠르릉
구르르릉
쿠궁

키리리리릭~~

• • • • •

어!

흑 흑......

안 돼!

그때의 절망이 생생하게 떠오른다. 지금도 등골에 식은땀이 흐른다.

이야기를 시작해볼까?

2013년 여름 호주에서, 정확히 말하자면 서부 호주의 오지에서 3명의 동료와 보름 동안 5,000킬로미터를 이동하면서 겪었던 그 일을 말이다.

지구의 남쪽에 위치한 호주의 6월은 초겨울. 서호주의 거친 땅에 설치한 텐트에서, 도로 옆의 허름한 숙소에서 계절의 서늘함을 뼈저리게 느끼던 낯선 밤이 있었고 붉은 땅이 끝없이 이어지던 낯선 낮의 시간이 있었다.

서호주에서의 여정은 판타지도, 스릴러도 아니다. 다만 분명한 것은 이 이야기는 내 삶에 실제로 일어난 일이며, 이 탐험 이후 내가 변했다는 거다.

자, 그럼 어디서부터 시작할까.
그래, 그해 4월 말로 돌아가보자.

창가 너머로 내가 보인다.
막 도착한 메일에 잔뜩 흥분한.

당시 나는 강원도의 한 고등학교에서
생물 교사로 재직 중이었다.

일주일 전, 간절한 소망을 담아
교감 선생님께 메일을 보냈다.

교감 선생님께 구구절절 호소했다. 서호주에 꼭 가야만 한다고. 며칠간 진행하지 못한 수업을 언제 어떻게 보충할 것인지에 대한 계획도 자세히 설명했다.

현장 경험이 과학 수업에 필수인 이유 또한 절절하게 늘어놓았다. 하여간 최선을 다해서 이메일을 작성했다. 솔직히 교감 선생님의 답변이 긍정적일 것이라고는 기대하지 않았는데,

웬걸……!

'가도 좋다'는
답변이 온 거다!

서호주로 출발하기 일주일 전, 함께할 용사들이 서울 효자동의 한 카페에 모였다. 계획과 달리 서호주 탐험대의 인원이 한 명 더 늘었는데, 그 이유는 단순했다.

아슬아슬하게 막차를 탄 사람은 김리나였다. 그녀는 지방에 있는 한 과학관에서 일하는 큐레이터였다.

우리 전에 봤죠?
지난달 과학 행사에서요.

김리나예요. 잘 부탁드려요.
제가 송 대장 바짓가랑이 잡고
간곡히 부탁했어요.

뜬금없어 보이는 구성의 서호주 탐험대는 송철용의 작품이었다. 미합중국 항공우주국(National Aeronautics and Space Administration, NASA) 주도로 진행되는 우주생물학 투어 프로그램에 합류하게 된 것이다. 우리는 서호주 탐험 3일차에 과학자 무리와 만나게 된다.

멤버들에게 서호주는 이름도 낯선 곳이었지만 송은 이미 몇 차례 다녀온 경험이 있었다. 심지어 과학자들과 함께 그 프로그램에 참여한 적도 있다고. 고로 우리는 이번 여정에서 그에게 전적으로 의존해야 했고, 그에게는 자연스럽게 대장이라는 칭호가 붙었다.

소싯적에는 프로그래머로 경력을 쌓다가 돌연 탐험가이자 과학 저널리스트가 된 송철용 대장. 갑자기 직업이 바뀐 사연이 매우 재미있는데, 나중에 들려드리겠다.

하하하, 대장은 무슨…….
편하면 그렇게
부르세요. 으허허!

강소영도 탐험대 멤버다. 그는 뮤지션이자, 행위예술가이며, 설치미술가다.

한마디로, 예술가!

우리 중 가장 연장자인데, 예술의 길에 들어선 지는 오래되지 않았다. 늦은 나이에 자신의 정체성을 깨닫고 예술혼을 불태우고 있다.

최근 2~3년 동안 사하라사막, 몽골의 고비사막, 북극 등 오지를 찾아다니던 차에 송 대장으로부터 서호주 탐험 제안을 받았으니 강의 귀가 쫑긋 선 것은 당연했다.

당시, 강이 탐구하던 주제는 태고의 원시 생명체! 5,000만 인구가 사는 작은 한국은 강에게 예술적 영감을 주기엔 지나치게 현대적이고 문명화됐다. 강이 원하는 것은 사람도 문명도 없는 최악의 오지였다. 그는 그곳에서 사진과 영상을 찍고, 자연의 소리를 녹음하려 했다.

오지로 가는 만큼 철저한 준비가 필요하지 않을까. 하지만 송 대장은 우리에게 각자 침낭 하나를, 그와 번갈아 운전해야 하는 내게는 국제운전면허증과 차량용 인버터를 준비하라고 했다. 자동차 배터리의 전압을 변경하는 인버터는 서호주에서 필수품이다.

웰컴 투 오스트레일리아~!
ㅎㅎㅎㅎ.
송 대장이 우리를
팔아넘기는……?
오지 한가운데서 인생이
끝날 수도 있죠…….
사실 범죄 현장으로는 서호주가
지구상에서 최적의 장소이지 않습니까?

장기 매매
같은 건가?
풉!
푸하하!
하하!

공포 영화의
인트로 느낌인 거죠?
하 하하하

첫날~둘째 날
6월 15~16일

인천에서 싱가포르까지 비행기로 일곱 시간. 그곳에서 다시 퍼스 공항으로. 남태평양을 지나자 고도 4,000미터 아래로 거대한 서호주의 풍경이 펼쳐진다. 붉은 땅과 듬성듬성 난 식물들……. 특별한 게 없어 보이는 저곳에서 보름간 놀라운 모험이 펼쳐진다고? 심장이 뛰었다.

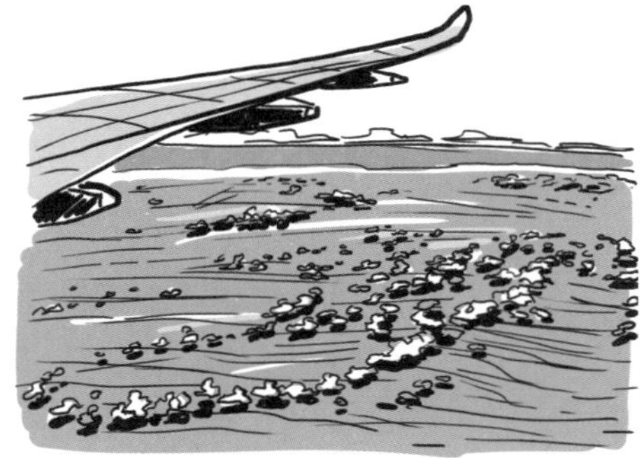

한국은 여름에 접어들었지만, 남반구에 위치한 호주의 공기는 서늘하고 건조해 공기와 맞닿은 피부가 금세 뽀송해졌다. 먼지 하나 보이지 않는 투명한 하늘! 하늘 색보다 우주의 색이라는 표현이 적절했다.

서호주 아웃백(Outback)으로 진입하기 전, 우리는 미리 예약한 호텔에 짐을 던져 넣고 시내로 나섰다. '오지'를 뜻하는 아웃백은 인구가 희소한 사막 내륙지역으로, 황무지를 여행하기 위해선 준비가 필요하다. 렌터카 업체에서 예약한 차량을 찾는 것이 그 시작이다.

앞으로 보름 동안 우리와 동행할 녀석은 미쓰비시의 2012년식 파제로. 현대모비스의 전신인 현대정공에서 만든 갤로퍼와 유사한데, 미쓰비시와 계약을 체결한 후 파제로의 라이선스를 받아 만든 것이 갤로퍼이기 때문이다. 단단하고 투박한 외모가 마음에 든다.

다음으로 향한 곳은 퍼스 시내 중심에 있는 한국 마트. 진열대의 익숙한 식품들을 꼼꼼하게 따져가며 쓸어담는다. 남반구까지 날아와서도 놓지 못한 고국의 입맛이여.

위성전화는 무선통신이 닿지 않는 바다와 오지의 필수품이다. 하지만 송 대장은 탐험을 준비할 때부터 위성전화 임대를 꺼렸는데 위성전화는 돈 낭비라고 생각했기 때문이다. 웬만하면 송 대장의 말을 따랐지만 위성전화만큼은 우리 주장을 밀어붙였다. 송 대장은 서호주가 익숙하다지만 위성전화는 만일을 위한 보험 아닌가. 서호주 한복판에서 조난당해 땅에 'SOS'를 그리거나, 불을 피워 구조를 요청하고 싶지는 않았다.

이 정도면 준비는 끝났다. 호텔로 돌아와 앞으로의 일정을 확인했다. 맥주도 마시고, 가져온 장비를 체크하며 각자 시간을 보낸 후 우리는 침대로 몸을 던졌다. 뒤척임도 없이 바로 잠들었다. 해가 뜨면 우린 아웃백을 달릴 것이다.

일주일 후, 서호주의 어느 초라한 숙소에서 잠을 설치던 나는 출발 전 그날 밤을 돌이키며 한숨짓게 된다. 앞으로 어떤 일이 일어날지 상상도 못 하고 별생각 없이 잠들었던 나를 떠올리며. 당연히 모를 수밖에 없었지만…….

나는 그날 밤에 맥주 맛을 더 깊이 음미했어야 했다. 샤워하면서 따뜻한 물의 온기를 좀 더 느꼈어야 했다. 포근한 이불의 감촉도.

정말 그랬어야 했다.

2

희한한 생물의 왕국, 서호주

퍼스에서 샤크만으로

KOREA ✈ AUSTR

원래 극소수 또는 하나의 형상에 몇 가지 능력과 함께 숨결이 불어넣어졌고, 그 뒤 이 행성이 정해진 중력 법칙에 따라 계속 도는 동안에, 처음에 그토록 단순했던 것에서 가장 아름답고 가장 경이로운 무수한 형상들이 진화해왔고, 지금도 진화하고 있다는 이런 생명관에는 장엄함이 있다.

·찰스 다윈(Charles Darwin, 1809~1882)

셋째 날

6월 17일

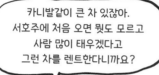

카니발같이 큰 차 있잖아. 서호주에 처음 오면 뭣도 모르고 사람 많이 태우겠다고 그런 차를 렌트한다니까요?

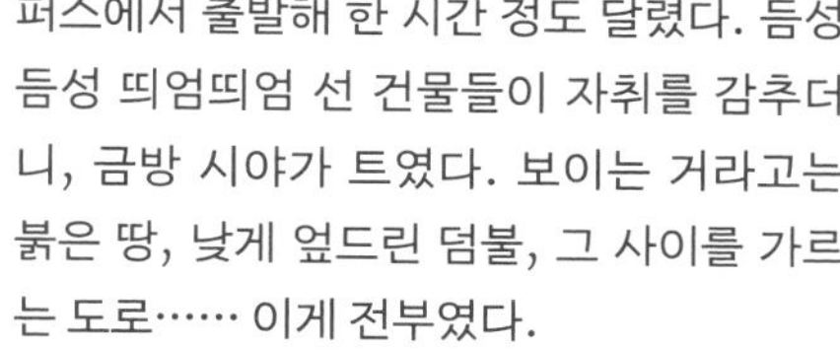

퍼스에서 출발해 한 시간 정도 달렸다. 듬성듬성 띄엄띄엄 선 건물들이 자취를 감추더니, 금방 시야가 트였다. 보이는 거라고는 붉은 땅, 낮게 엎드린 덤불, 그 사이를 가르는 도로…… 이게 전부였다.

여기서는 무조건 튼튼한 사륜구동 차라야 하거든.

앞바퀴로 동력이 전달되는 전륜구동과 달리 네 바퀴에 엔진의 힘이 가는 사륜구동 차는 달리는 에너지가 엄청났다. 유일한 문제라면, 우리나라와 달리 호주는 운전대가 오른쪽에 있다는 점. 운전석이 반대니 차선도 반대. 송 대장과 번갈아 운전했지만, 왼쪽 차선 운전은 좀처럼 익숙해지지 않았다.

잠깐만 넋 놓고 있으면 자꾸 오른쪽 차선으로 가네.

북쪽을 향해 올라갈수록 도로에는 화물 트럭이 압도적으로 많아졌다.

어, 어떡해!

고속도로인데도 도로 폭이 좁았다. <트랜스포머>의 옵티머스 프라임을 닮은 거대한 트럭이 달려오면 등골이 오싹해졌다. 트럭이 지나갈 때마다 나도 모르게 반대편을 향해 운전대를 돌렸고, 차는 차선 밖으로 밀려나며 비틀거렸다. 위험천만한 순간이 계속됐다.

도로 양옆으로 드넓은 대지가 무한대로 뻗어 있다. 건조지대의 키 작은 식물들이 대부분이고, 가끔 보이는 키가 큰 나무는 유칼립투스다. 호주가 원산지인 유칼립투스는 그 종류만 해도 600종이 넘는다. 그중 단백질 함량이 많은 30종 정도가 코알라의 주식이라고.

이곳은 지구의 남반구. 내가 살던 곳과는 땅도 거꾸로, 계절도 거꾸로인 곳. 빨간 물감을 마구 풀어놓은 듯한 붉은 땅 위로 짙푸른 하늘의 대조가 눈부시다.

이것은 관광지 여행이 아니다! 안락함과는 거리가 먼 황량한 서호주에서 흙먼지를 일으키며 달려 나가는 우리는 여행가가 아닌 탐험가들이다.

이건 탐험이다.
진정한 모험이다!

피가 끓어올랐다.

우리는 미지의 땅으로 전진했다. 무슨 광경이 펼쳐질지, 어떤 일이 벌어질지 예상할 수 없었다. 1820년 영국에서 건조된 군함 비글호(HMS Beagle)는 후에 탐사선으로 개조되어 세 번의 큰 항해를 나갔다. 그중 1831~1846년 동안 나간 두 번째 항해가 가장 유명한데, 찰스 다윈이 박물학자 자격으로 동행했기 때문이다. 이 항해에서 그는 과학사에 혁명적인 변화를 일으킨 진화론의 아이디어를 얻었다.

과한 비약이지만, 우리는 1831년 비글호에 올라 남반구 해안을 탐사한 다윈에 빙의하고 있었다. 아무것도 몰랐을 때니 너그럽게 용서하기를.

다윈은 5년간의 항해를 마치고 1836년 영국으로 돌아왔다. 이후 오랜 연구 끝에 1859년 진화론을 정리한 한 권의 책을 발표했다. 그것이 그 유명한 《종의 기원》이다. 이 책은 인류의 세계관을 바꿔놓았다.

비글호? 찰스 다윈? 나는 어떤 망상을 했던가. 세계적인 과학자들과 함께한 탐험을 소재로 책을 쓰고 현장 경험을 바탕으로 한 흥미진진한 모험담을 들려주는 자신감 넘치는 과학 교사?

이번 여름에 서호주에 가봤는데,
진짜 화석은 교과서 속 사진과
다르더구나.

퍼스에서부터 800킬로미터 거리에 있는 샤크만(Shark Bay)을 향해 달리는 내내 장밋빛 망상은 날개를 달고 날아갔다. 샤크만까지는 먼 거리이지만, 이틀 뒤 오후까지만 도착하면 된다. 시간은 넉넉하고 교통 체증도 없으니 무슨 난관이 있겠는가!

샤크만
서호주
퍼스

안 돼!
바보 같은 상상
집어치워!

샤크만으로 가는 이유가 있다. '유네스코 선정 세계자연유산'에 등재된 독특한 생태계를 보기 위해서이기도 하지만, 바로 그곳에서 중요한 만남이 예정돼 있기 때문이다. 호주의 고생물학자를 비롯해 외국에서 온 과학자들을 만나 NASA 우주생물학 투어 프로그램에 합류하는 것이 우리 탐험대의 목표! 샤크만부터 우린 그들과 함께 이동할 것이다.

세계의 과학자들과 함께하는 탐험이라니! 이 얼마나 드문 행운인가. 탐험대가 각자의 활동으로 바쁜 와중에 무리하면서까지 서호주에 건너온 가장 큰 계기다.

우주생물학 투어는 몇 년 전 정착된 과학자를 위한 프로그램으로, 천문학, 고생물학, 지질학 등 여러 분야의 과학자들이 모여 서호주를 이동하면서 연구하는 활동이다.

이 프로그램의 가장 중요한 가치는 다양한 분야의 과학자들을 만나는 것이다. 소통과 인맥이 중요한 비즈니스인 것은 과학계도 마찬가지.

다수의 팀이 함께하는 우주생물학 투어에 합류해야 하는 또 다른 이유는 안전 때문이다. 광활한 서호주의 사막은 위험하다. 사람은 없고 야생동물은 많은 오지 중의 오지. 사람이 많을수록 좋다. 갑자기 차량에 문제가 발생할 수도 있으니.

운이 나쁘면 맹독성 전갈에게 발목을 물릴 수도 있다. 문명사회에서 아주 멀리 떨어진 이곳에선 벌레 물림 같은 작은 사건도 생사를 가르는 큰일이 되기도 한다.

실제로 서호주에서는 매년 수십 건의 조난, 사망 사건이 일어난다.

이렇게 먼 곳까지 와서 죽게 될 줄은…….

전문가들은 장기간의 서호주 탐험은 두 대 이상의 차량으로 이동하는 걸 권장한다. 차가 멈출 때를 대비하기 위해서다. 우리야 프로그램이 시작되는 샤크만에 도착하면 그 후로는 만사형통이지만.

종일 달린 끝에 작은 캠핑장에 도착했다.
서호주에서의 진정한 첫날 밤이었다.

요즘 텐트 좋네! 간편해~
뭐야, 이거! 밤 되니까 엄청 춥잖아!
이게 바로 사막의 날씨죠. 낮에는 그렇게 뜨겁다가도, 해 떨어지면 얼어버리는!
그걸 지금 말하면 어떡하나!
두꺼운 침낭 안 가져왔으면 어쩔 뻔했어.
저기 샤워실 맞죠?
제안 하나 해볼게요.
서호주에 있는 동안 씻지 않으면 탐험 막바지에는 피부가 진짜 좋아질 거예요. 나도 예전에 누구 말 듣고 해봤는데, 진짜 효과가 있더라고요.

우리 선조들이 피부 트러블로 죽었다거나
잘못됐다는 이야기 들어봤어요?
현대인은 지나치게 많이 씻고,
피부에 가공품을 너무 발라요.
내 말 믿고 씻지 말라니까.
양치질 정도만 해요.

송 대장의 말에 묘하게 설득당했다. 이럴 때 아니면 언제 시도해보겠나 싶었다. 피부가 좋아진다니, 진짜 해볼까?

샤워실 가는 길에 캠핑장을 둘러보니
캥거루가 보였다.

그런데 이 녀석들은 캥거루가 아니라 왈라비란다. 왈라비를 처음 본 사람들은 새끼 캥거루라고 생각할 수 있지만, 그렇지 않다. 보통 몸집이 크면 캥거루, 작으면 왈라비다.

생물계는 비슷한 정도로 무리를 나누어 분류하는데, 이 무리는 큰 범위에서 작은 범위로 세분화된다. '종<속<과<목<강<문<계' 순서로 범위가 커진다. 캥거루와 왈라비는 모두 '캥거루속'에 속하지만 서로 다른 종이다. 비슷해 보이지만, 특성도 주 서식지도 다르다. 왈라비는 캥거루보다 온순하고 좀처럼 사람을 무서워하지 않는다.

체급이 달라~
캥
왈

호주의 캠핑장에 비치된 쓰레기통은 뚜껑 위에 큰 돌멩이가 올려져 있는데, 그건 왈라비 때문이다. 밤사이 왈라비가 쓰레기통을 엉망으로 헤집어놓는 것을 막기 위해서다.

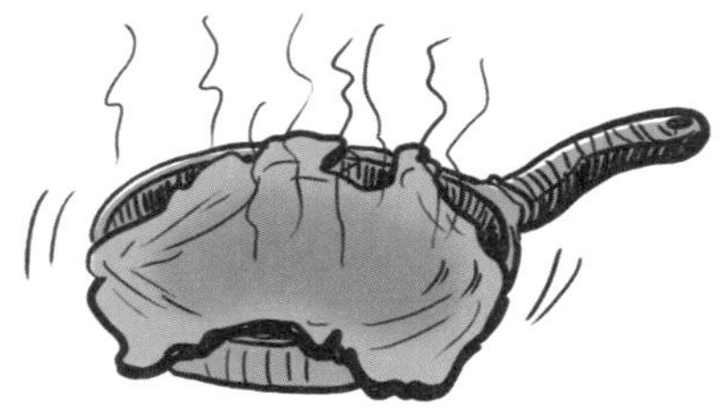

'남극을 제외하면 오스트레일리아는 지구상에서 가장 쓸모없는 대륙'이라는 농담이 있다. 붉고 평평한 서호주 땅을 보니 그런 말이 왜 있는지 알 것 같았다. 프라이팬 위의 빨간 스테이크처럼 납작하다. 스테이크는 맛이라도 있지.

하지만 놀랍게도 이 척박한 땅에는 수많은 종류의 생물이 살고 있고, 별의별 요상한 녀석들이 넘쳐난다. 지구 생물 백과사전을 만든다면 오스트레일리아의 생물만 모아놓은 번외편을 만들어야 할 것이다.

주머니를 가진,
펄쩍펄쩍 뛰는 녀석.

공처럼 튕겨 다니는 애.

이건…… 뭐라고 설명해야 할지 모르겠는 녀석.

하여간 요상한 놈 천지다.

코알라를 처음 본 서양인들은 그 모습에 꽤나 놀랐을 것이다. 그 얼굴을 하나하나 뜯어보면 친숙함이란 찾아보기 어렵다.

오리너구리라는 이름은 분류의 혼란스러움을 내포한다. 주둥이는 오리의 부리 같고, 물갈퀴로 헤엄도 친다. 알을 낳긴 하는데 새끼에게 젖을 물린다. 오늘날 오리너구리는 알을 낳는 포유류인 단공목으로 분류되며, 포유류 중 가장 원시적인 모습이 남아 있는 동물로 여겨진다.

뽀로롱~

목도리도마뱀

웜뱃

태즈메이니아 호랑이 역시 독특한 외모를 자랑하지만, 안타깝게도 1930년대를 기점으로 자취를 감추었다.

듀공

딩고

지금이야 오스트레일리아의 다양한 생물이 널리 알려졌지만 과거 서양인이 이 섬에 처음 들어왔을 땐 얼마나 황당해했겠나!

말과 소같이 어느 나라에 가도 흔한 녀석들은 보이지 않고, 맹수는 더욱 없다. 대신 오스트레일리아 먹이사슬의 최정점에는 딩고라는 녀석이 있다.

이 녀석, 생긴 게 왠지 익숙하더라니. 딩고의 기원은 4,000년 전 동남아시아에서 인간과 함께 이주한 개다.

야생의 딩고를 새끼 때부터 집에서 키우면 다정한 개로 자라난다. 역시 그냥…… 개였구나.

다른 대륙에는 '동물의 왕'이라는 별명에 걸맞은 친구들이 존재하는데, 오스트레일리아는 최상위 포식자가 개와 다를 바 없는 딩고라니! 하지만 딩고는 오랫동안 척박한 환경에 적응하면서 온순한 개의 습성을 잃고 거친 야생의 본능을 획득했다.

이곳에 사는 동물, 조류, 식물의 80퍼센트에 이르는 종이 오스트레일리아를 제외한 다른 곳에서는 발견되지 않는다. 어쩌다 이렇게 됐을까? 이 질문의 답을 찾아낸 이는 바로, 그 유명한 다윈이다.

오스트레일리아의 생물 다양성 기원에 대한 다윈의 해답 풀이 과정은 그의 명저 《종의 기원》에 소상히 나와 있다. 다윈은 오늘날 모든 생물은 공통의 선조 생물로부터 분기와 변화를 거쳐 생겨났으며, 근간에는 자연선택이라는 진화의 원리가 있음을 이야기한다. 과학사의 신기원을 이룬 이 엄청난 책의 핵심은 다음과 같다.

'생물의 다양성은 우연과 환경과의 상호작용이 버무려져서 나타나는데, 지리적인 요인이 큰 영향을 준다.'

단박에 이해하기 어려운 설명이다. 다윈이 이런 생각을 갖게 된 배경을 살펴보자.

다윈의 지적 여정은 군함 비글호를 타고 남아메리카 대륙 서쪽에 있는 갈라파고스제도를 방문하면서 시작됐다. 태평양에 위치한 갈라파고스제도는 화산활동으로 생성된 섬들로, 특이한 생태계를 지녔다. 이 섬들에는 주변 대륙과는 사뭇 다른 모습의 생물들이 있었는데, 특히 펀치로 분류되는 새가 다윈의 호기심을 끌었다.

영국으로 돌아온 그는 섬에서 채취한 표본들을 연구했다. 그 결과, 갈라파고스제도의 핀치는 각기 다른 새로운 종의 핀치라는 사실을 발견했다. 갈라파고스제도의 핀치들은 부리 모양으로 확연히 구분되는데 이는 섬마다 다른 먹이, 생활 환경과 관련된 것이 분명했다. 왜 갈라파고스제도라는 비교적 좁은 장소에 이토록 다양한 핀치 종이 존재하는 것일까?

다윈은 이렇게 풀이했다. 어떤 우발적인 사건으로 남아메리카 대륙에 있던 극소수의 핀치 무리가 갈라파고스제도로 옮겨왔고, 시간이 흐르면서 그 자손들이 갈라파고스제도의 여러 섬으로 흩어졌다. 그리고 다양한 환경에서 핀치들은 독자적인 진화의 길을 걸었다.

핀치들은 관심도 없었겠지만 시간이 충분히 지나면서 중요한 사건이 일어난다. 여러 섬에 흩어져 있는 핀치들이 설령 만나서 교미를 시도하더라도 자식을 낳을 수 없게 진화한 것이다. 시간이 흐르면서 조상 종으로부터 다양한 종이 발생하는 현상인 '종분화'가 일어난 결과였다. 그렇게 새로운 종이 탄생했다.

다윈은 사고를 확장해 다음과 같은 결론을 내렸다. 핀치의 사례는 갈라파고스제도에서만 볼 수 있는 사건이 아닌, 전 세계 모든 생물이 새로운 종을 탄생시키는 보편적인 원리라고.

오스트레일리아라는 대륙을 보자.

2억 5,000만 년 전, 지구에는 커다란 하나의 초대륙 '판게아(pangaea)'만 있었다. 지구의 나이가 45억 년이니까 2억 5,000만 년은 아주 오래전은 아니라고 할 수 있다. 시간이 지나 이 초대륙은 2개의 대륙으로 분열됐다. 1억 6,000만 년 전에는 남아메리카, 아프리카, 인도, 오스트레일리아 등으로 쪼개졌다. 500만 년 전, 오늘날의 대륙과 흡사한 형태가 되었다. 막판에 인도 대륙은 혼자 있기 싫었는지 유라시아 대륙과 충돌했고(이때의 흔적이 히말라야 산맥으로 남아 있다), 오스트레일리아와 남극 대륙은 동떨어진 채 위치하게 됐다.

다른 대륙들과 달리 오스트레일리아는 덩그러니 홀로 떨어진 거대한 섬으로 존재하게 됐다. 이런 상황이 되자 고립된 오스트레일리아의 생물들은 그들만의 진화를 해나갔다. 오랫동안 떨어져 각자도생하다 보니, 과거에는 같은 종이었더라도 시간이 지난 뒤에는 서로 다른 종으로 갈라졌던 것이다. 핀치처럼 말이다.

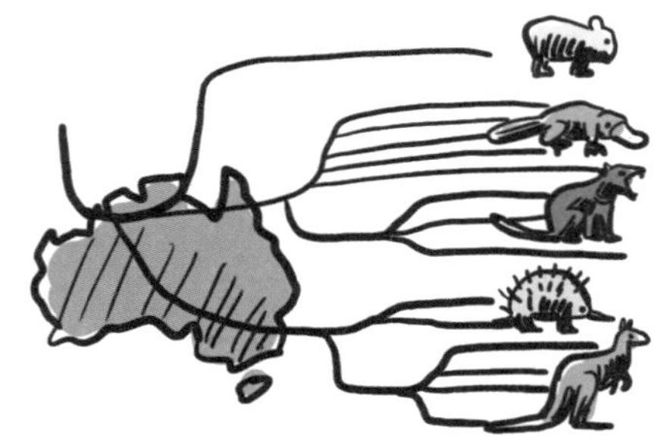

오스트레일리아는 오늘날까지 다른 대륙과 떨어져 있으면서 독특한 생물 왕국으로 진화해 왔다(남극 대륙은 차가운 빙하로 얼어붙어서 웬만한 생물은 살 수 없는 황무지가 됐다).

오스트레일리아의 생태계는 지금까지 안정적으로 유지됐다. 하지만 대양 위에 홀로 있는 거대한 섬은 외부 생명체가 유입됐을 때 순식간에 무너질 가능성이 높다.

갑자기 낯선 생명체가 유입되는 상황을 상상해보자. 만약 섬에 그 생명체에 대항할 수 있는 천적이 없다면 주변의 생물을 모조리 먹어버릴 수도, 혹은 치명적인 전염성 세균을 옮길 수도 있다.

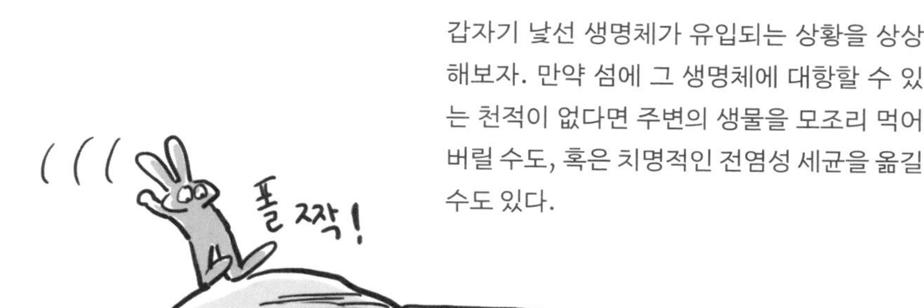

좋은 예가 있다. 1859년, 오스트레일리아에 정착한 부유한 영국인 농부 토머스 오스틴(Thomas Austin)은 고국에서 유럽 토끼 24마리를 들여왔다. 평소 사냥을 좋아했던 그는 이 토끼들을 사유지에 풀어놓았다. 토끼들은 급속도로 번식해 50년이 채 안 되었을 무렵 그 수가 엄청나게 불어나 거대한 메뚜기 떼처럼 전 대륙을 덮쳤다.

사태는 갈수록 심각해졌다. 호주 정부는 토끼의 개체수 감소를 위해 지속적인 노력을 펼쳤다. 1990년대, 토끼에게만 치명적이라고 알려진 캘리시 바이러스를 살포했다. 효과가 확실했는지 토끼들은 씨가 거의 말라버렸다. 하지만 1,000마리당 1마리꼴로 이 바이러스에 면역력을 가진 토끼들이 살아남으면서 순식간에 개체수가 회복됐다. 이 사건을 계기로 오늘날 호주 정부는 외부 생물의 유입을 철저히 통제하고 있다.

3

사막을 가로지르고 해안 도로를 달리는 수박에

제럴턴에서
하멜린 풀을 지나
다시 제럴턴으로

시간이 없습니다.
누군가를 위해 당신의 삶을 버리지 마세요.

·스티브 잡스(Steve Jobs, 1955~2011)

넷째 날
6월 18일

다음 날, 과학자들과의 만남을 상상하며 우리는 차에 올랐고, 해안 도로를 전속력으로 달려 피너클스 사막을 경유했다.

노란 빛을 발하는 모래 위로 수많은 암석 기둥이 솟아 있었다. 한밤중에 이 암석 기둥들을 보면 유령 군단으로 착각해 등골이 오싹해진다던데.

얘 좀 봐요!
완전 사람 얼굴처럼
생기지 않았어요?

하지만 과학자라면 이 자연 구조물, 즉 '피너클(Pinnacle)'이라고 불리는 암석 기둥들이 어떻게 생겨났는지 밝혀야 하지 않을까. 가장 유력한 이론은 이러하다.

머나먼 과거에 이곳은 거대한 나무들이 꽉 차 있는 울창한 숲이었다.

하지만 기후변화로 인해 점차 모래로 덮이게 됐고, 지금처럼 사막으로 바뀌었다.

나무는 뿌리까지 썩어 사라졌지만, 뿌리가 있던 자리는 주형처럼 굳었다. 모래 속에 섞여 있던 석회질이 빗물에 녹아 그 자리를 야금야금 채워 갔다.

그 후 풍화작용으로 모래가 걷히자 지금 우리가 보는 피너클스 사막의 암석 기둥들이 모습을 드러내게 된 것이다.

피너클 형성 과정에 대한 과학적 설명이 마음에 들지 않는다면,
암석 기둥에 대한 설화도 있다.

원래 이곳은 악의 기운이 있는 금지된 지역이었다. 그런데 반항적인 데다 호기심을 주체하지 못한 용사들이 이곳에 들어왔고, 주술사들의 경고대로 이들은 돌덩이가 됐다고.

설마 무슨 일 있겠어? 다 거짓말!

꺅!

!

와!

진짜 재미없다.
너무 단순하기도 하고.

나무 뿌리 구멍이
석회질로 채워졌다는
설이 더 재밌지 않나?

과학자 티 좀 내지 말아요.

조금 더 달리다 보니 바다와 맞닿은 사막이 보였다.
이번에는 노란색이 아닌 하얀색 사막이다.

이곳은 화이트 샌즈 듄(White sands dune). 사막이 아니라 사구라고 불러야 한다. 해안의 모래 입자들이 바다에서 부는 바람에 날려 거대한 모래언덕을 이룬 전형적인 해안사구의 모습이다.

우리는 계속 북쪽으로 올라가다 빌라봉 로드하우스(Billabong Roadhouse)에 들렀다. 로드하우스는 우리나라로 치면 고속도로 휴게소. 기름을 넣기 위해 무조건 정차해야 한다. 우리나라의 것과는 비교할 수 없을 정도로 옹색한 모습이다.

'애버리진(Aborigine)'. 수만 년 전부터 오스트레일리아에서 살아온 토착 원주민이다.

18세기, 영국인들이 오스트레일리아로 건너오면서 애버리진 인구수는 기하급수적으로 감소해 사멸 직전까지 갔다. 식민지가 형성된 후, 감행된 원주민 학살과 서양인들로 인해 유입된 바이러스 때문이었다. 매독, 천연두, 인플루엔자, 홍역 같은 전염병은 결정타였다.

이들의 삶은 난관의 연속이었다. 문명화라는 명목으로 이들의 아이들은 부모와 강제로 떨어져 집단 수용 시설이나 백인 가정으로 가야만 했다. 1990년대에 들어선 후에야 호주 정부는 이 악랄한 법을 폐지했다.

오늘날 애버리진은 여전히 정체성 혼란과 차별을 겪고 있다. 술과 약물에 중독된 경우도 빈번하다. 하지만 애버리진에 대한 의식 개혁과 원주민 토지 보상을 목표로 사회운동에 앞장서는 애버리진들도 나타났다.

최근에 와서야 긍정적인 변화가 조금씩 생겨나고 있다. 또한 애버리진의 DNA 연구를 통해 이들의 기원을 추적하면서 구체적인 자료가 조금씩 쌓이고 있다. 애버리진의 진가는 재평가되고 있으며, 이들에 대한 놀라운 사실도 드러났다.

아시아에서 건너온 애버리진의 역사는 7만~5만 년 전 시작된다. 호모사피엔스가 아프리카에 출현한 것이 15만 년 전임을 감안하면, 애버리진이 오스트레일리아라는 섬에서 생존해온 시간이 굉장히 오래됐음을 알 수 있다.

애버리진은 광활한 오스트레일리아 땅에 흩어져 살았다. 마치 여러 섬에 고립된 듯 서로 다른 곳에 무리 지어 살면서 이들은 다양한 방식으로 환경에 적응했다. 이들은 대개 사냥이나 채집을 하거나, 농사를 지으며 살아갔다. 또한 부족별로 독특한 생활 방식과 문화를 만들어 나갔다. 유럽인들이 오스트레일리아 대륙에 들어온 18세기만 해도 700여 개에 달하는 부족이 300여 개의 언어를 사용했다. 지금은 그 명맥이 끊겨 100여 개의 언어가 간신히 남아 있다.

애버리진은 문자를 만들지 않았다. 청동기나 석기를 사용한 흔적도 찾아보기 어렵다. 국가 같은 형태의 사회집단을 형성하거나 심지어 활, 창 같은 무기도 만들지 않았다. 대규모 전쟁이 일어나지 않았다는 말이다. 이들은 그냥…… 살아남는 것에 만족했던 것일까.

애버리진을 생각하면 문명이나 문자, 국가, 전쟁이 필연적으로 발생하는 것은 아닌 것 같다.

그런 것들 없이도 이들은 오스트레일리아 대륙에 자기만의 방식으로 탁월하게 적응했다. 노래하고, 그림을 그리는 이들의 예술 활동은 정말이지 주목할 만하다. 연구 결과, 애버리진의 예술은 현존하는 가장 오래된 것들 중 하나임이 밝혀졌다. 동굴이나 바위에 점을 찍는 독특한 작업 방식에서 우리는 이들이 상상을 통해 그림의 구조를 잡았음을 알 수 있다. 현대미술처럼 말이다.

서호주에서 이름난 도시 제럴턴에 도착했다. 제럴턴은 인구 3만 명이 넘는 항구도시로, 내륙과 광물 산지를 연결하는 철도의 기점이기도 하다. 하지만 실상은 한국의 읍 소재지 정도였다. 10개 정도의 교통신호기가 있는 작은 동네라고 보면 된다.

앞으로 우리의 서호주 여정에선 문명사회를 만날 일이 없기에 부랴부랴 마트로 달려가 음식과 물을 사서 차 트렁크를 채웠다. 그리고 마트 앞에 있는 서브웨이에 들러 샌드위치를 입안에 밀어넣었다. 탄수화물과 지방! 배가 터질 정도로 아주 많이…….

다시 차에 시동을 걸었다. 마트에서 산 음악 CD를 틀었다. 직원에게 이곳 사람들이 자주 듣는 음악을 추천해 달라고 했는데, 틀어보니 생소한 컨트리송! 음악의 느낌이 서호주의 풍경과 꼭 닮아 있었다.

300킬로미터 정도 달리다가 또 로드하우스에 들렀다. 서호주는 이 정도 거리를 달려야 로드하우스가 나온다.

로드하우스에선 분말 커피를 공짜로 제공했는데, 맛이 아주 끝내줬다. 서호주에 있는 동안 돈을 지불하지 않고 사용할 수 있는 무언가를 본 적이 없다. 시설이 좋지 않은 캠핑장이라도 값을 치러야 했고, 로드하우스에 있는 물건들은 하나같이 비쌌다. 오지라서 운송비가 더 들기 때문이겠지. 그러나 로드하우스의 커피만은 공짜였다. 한국의 고속도로 휴게소에 공짜 커피를 비치했다간 금방 동이 날 텐데 서호주에서는 어떻게 가능하지? 잠시 생각해보니 답이 나왔다. 로드하우스를 지나가는 차량도, 사람도 워낙 없기 때문이다.

퍼스를 떠난 후 이틀간 달리고 또 달렸다. 처음엔 광활하고 평평한 대지에 감격하며 차창 밖으로 목을 빼고 풍경을 즐겼지만 사흘째 되니 모든 게 익숙해졌다.

아주 순조로웠다. 편안한 기분이 들었다. 아직까지는…….

지평선까지 직선으로 곧장 뻗은 도로를 운전하다 보면 눈앞의 풍경이 현실인지 상상인지 헷갈리곤 한다. 운전대를 잡아야 하는 송 대장과 나는 규칙을 만들었다. '100킬로미터 주행, 10분 휴식, 운전 교대!'

쉬자.
100킬로미터 넘었어.

이 단순한 규칙이 15일의 강행군을 지켜 줄 것이다.

쉬야 하러~
으아아아아아……!
넌더리가 난다.

조금만 더 가면 돼.
끼리리리릭
어? 왜 이래?
그러다 고장 나겠다.
기다렸다가 다시 시동 걸어봐요.
끼리리리
안 걸리는데?
끼리리릭 끼리리릭 키킥
어어어?
잘못하면 배터리 나갈 수 있다고!
끼리리릭..

오래된 배터리가 문제인가?
이틀간 사정없이 달리긴 했지…….
고장 난 걸까?
그렇다고 이제 와서?
뭐야, 이거…… 환장하겠네.
어떡하지?

나는 지나가는 차를 향해 최대한 불쌍한 표정을 지었다.

차를 열 대 정도 보낸 뒤에야 표정 연기의 성과가 나타났다. 우리를 지나쳐 간 작은 트럭이 망설이는 듯하더니 멈춘 것이다! 트럭에서 두 사람이 내려 우리 쪽으로 다가왔다.

무뚝뚝해 보이는 노부부는 자기들을 딘, 그리고 수라고 소개했다.

딘 아저씨는 우리 차의 보닛을 열고 능숙한 손놀림으로 부품들을 살피더니 냄새까지 맡았다.

이게 무슨 날벼락인가! 바로 전 들른 로드하우스에서 주유한 위인은 누구인가?

딘 아저씨는 무시무시한 질문을 덧붙였다.

위성전화를 사용할 일이 이렇게나 빨리 생길 줄이야. 딘 아저씨의 도움으로 렌터카 회사에 우리의 위치와 차의 상태를 전달할 수 있었다.

상황이 해결되기까지 시간은 지루하고 길었다. 뭐라도 감사의 표시를 해야겠다는 생각에 나는 부부의 캐리커처를 그리기 시작했다. 이들을 미소 짓게 할 작은 선물이 됐으면 좋겠다는 생각에…….

딘 아저씨는 캐리커처를 보고 미소를 지었고, 수 아주머니는 크게 웃었다.

좋은 선물이었기를…….

정말 감사했지만, 이들의 발을 더 이상 묶어놓을 수는 없었다.

몇 시간 후, 우리가 지나쳤던 제럴턴에서 새 차량이 오기로 했다. 우리는 전혀 유쾌하지 않은 기분으로 말없이 컵라면을 먹었다.

새 차가 오긴 오는 거야?

렌터카 업체가 보낸 차량은 예정보다 두 시간이 넘어서야 도착했다.
총 다섯 시간을 기다린 셈이었다.

그런데 새 차가 저게 뭐람!

그 차는 너무 작았다. 쉐보레 크루즈라는 소형차인데, 네 명의 인원과 많은 짐을 소화하기에는 터무니없는 크기였고 약했다. 안 그래도 이 부분이 걱정되어서 위성전화로 통화할 때 분명히 강조해서 말했는데…….

어쩔 수 없었다. 짐과 한 덩어리가 되어 간신히 차 문을 닫았다.

이미 해는 기울어지고 있었지만, 우리는 당장 제럴턴으로 가야 했다.

서호주에서 밤 운전은 금기 사항이다. 서호주의 진짜 주인은 사람이 아니라 동물이기 때문이다. 환한 낮에는 도로 위의 야생동물을 피하거나 야생동물이 길을 다 건너갈 때까지 기다릴 수 있지만, 아무것도 보이지 않는 깜깜한 밤에는 야생동물과 충돌할 가능성이 높다. 게다가 거대한 소 무리는 차를 전혀 의식하지 않고 도로를 지나간다. 우리는 이 사실을 알고 있었지만 결국 위험을 감수하기로 했다.

그렇다 해도 자정까지 제럴턴에 도착하는 것은 불가능했다. 무리해서 운전을 감행했던 건 제럴턴까지 거리를 최대한 좁히기 위해서였다. 자정에는 네런네런에 있는 캠핑장에 도착해야만 다음 날 샤크만의 하멜린 풀에서 한 시간 떨어진 카블라 포인트에 도착해 과학자 투어에 합류할 수 있을 터였다.

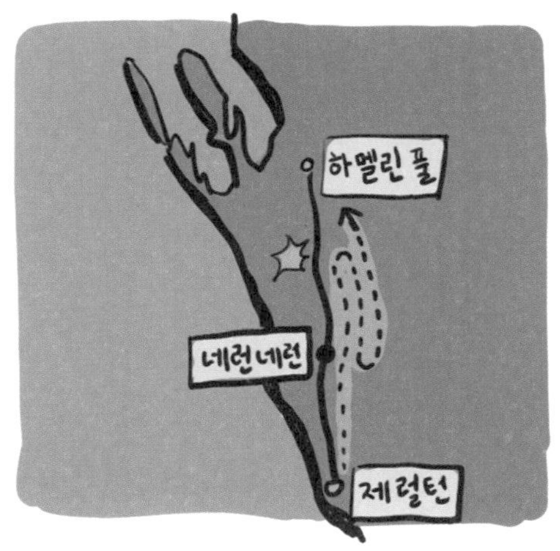

서호주에 도착한 이래 처음으로
큰 불안감이 엄습했다.

그래도 다행이었다. 천사 같은 딘 아저씨와 수 아주머니를 만났고, 힘들게 사수한 위성전화로 렌터카 업체에 연락할 수 있었으니까. 불행히도 렌터카 업체에서 가져온 차가 터무니없이 작아 제럴턴으로 돌아가야 했지만.

아무리 생각해도 황당하다. 송 대장이 주유소에서 기름만 제대로 넣었더라면……! 디젤과 휘발유를 구별하는 게 그렇게 어려웠나?

밤의 도로처럼 우리의 앞날이 깜깜하게만 느껴졌다. 모르겠다. 아무 생각하지 말자.

종일 달려온 길을 되돌아가는 건 정말 별로였다.

밤늦게 캠핑장에 도착한 우리는 침울한 기분으로 텐트를 쳤고, 저녁도 먹는 둥 마는 둥 했다.

사고의 파장은 컸다. 여유롭던 일정은 빠듯해졌고 편안했던 마음도 사라졌다. 제시간에 제럴턴에 도착하고, 차를 렌트한 뒤, 왔던 길을 되돌아가 오후까지 과학자들이 있는 카블라 포인트에 도착할 수 있을까? 제럴턴에 가더라도 우리가 탈 만한 큰 차가 있을까?

나중 일도 걱정이다. 퍼스로 돌아가면 기름을 잘못 넣은 사고에 대한 배상을 해야 할 텐데, 비용이 얼마나 추가될까? 한국이라면 보험이 있어 걱정할 것 없지만 이곳의 상황은 우리도 알 길 없으니……. 감당하기에 큰 부담이면 어쩌지? 주머니 사정이 넉넉지 않아 그동안 경비를 절감하기 위해 얼마나 노력했던가. 그 꼼꼼한 노력들이 물거품으로 돌아가겠지!

나중 일은 생각하지 말자. 눈앞의 일부터 해결해야지. 최대한 일찍 일어나서 제럴턴으로 내달릴 수밖에…….

4

위기에 빠진 탐험대

제럴턴에서 카블라 포인트로

REA ✈ AUST

고개를 숙인 채 당신의 발을 보지 말고,
고개를 들어 하늘의 별을 봐라.

·스티븐 호킹(Stephen Hawking, 1942~2018)

다섯째 날
6월 19일

우리는 해가 뜨자마자 캠핑장을 떠났다.

제럴턴에 도착해 차를 반납한 후, 주변 렌터카 업체에 들러 큰 차가 있는지 물었다.

천만다행으로 우리가 원하던 차를 발견했다. 처음 렌트한 차와 기종도, 색도 같았다. 은색의 파제로! 너를 또 만나다니!

큰 문제는 해결됐지만, 또 다른 문제가 우리 앞에 있었다. 과학자들이 탐사를 떠나기 전까지 카블라 포인트에 당도해야 한다. 지금부터는 그저 달릴 수밖에! 제때 도착하지 못한다면 서호주 한가운데서 과학자 무리를 찾아 헤매는 황당한 상황에 처할 것이다.

우리는 말없이 달렸다. 서호주 탐험 중 두 번 경주하듯 달렸는데 카블라 포인트로 향하는 이 경주가 첫 번째에 해당한다. 경유 대신 휘발유를 넣은 '주유소 사건'은 마냥 즐거워하던 우리에게 경각심을 불러일으켰다. 여기는 서호주다. 문명과는 거리가 먼 붉은 황무지! 인구밀도가 높은 대한민국이 아닌 것이다. 작은 사고도 끔찍한 결과로 이어질 수 있다. 우리의 서호주 탐험은 이제 비로소 시작이나 다름없었다. 사고는 액땜으로 여기고 긍정적인 마음을 가져야지.

기운 내요! 파이팅합시다!
파이팅!
파이팅.

교대해서 운전하기 위해 차를 멈추는 5분 빼고 쉬는 시간 없이 내리 달렸다. 우리는 드디어 카블라 포인트를 알리는 표지판과 만났다.

안심하긴 일렀다. 이제 과학자들을 찾아야 한다. 출발 시간이 얼마 남지 않았기에 우리는 도착지로 향하는 그 몇 분 동안 마음을 졸이며 내달렸다. 그리고 안도의 한숨! 과학자들로 보이는 무리와 거대한 오프로드 차들이 보였다.

차에서 내린 송 대장이 달려가 누군가와 인사했다. 박사과정 중이라는 데이비드가 분명했다. 서호주로 오기 전, 송 대장이 그와 여러 차례 연락을 주고받았다고 들었다.

와서 인사하세요.

안녕하세요.

데이비드입니다.

저기, 문제가 좀 있어요.

우리와 함께 탐사할 수 없대.

뭐?

잠깐만~ 잠깐만~

말콤이다!

말콤 박사님~

잠깐, 탐사에 함께하지 못한다고? 어안이 벙벙해진 우리를 뒤로하고 송 대장은 말콤 박사에게 달려갔다. 언젠가 송 대장이 말콤 박사에 대해 호주에서, 아니 세계적으로도 유명한 고생물학자라고 했던 것이 기억났다.

그리고 10분도 되지 않아 과학자들은 떠났다.

우리를 남겨두고 말이다…….

이틀간 적어도 1,000킬로미터 넘게 달려왔다. 오직 우주생물학 투어에 합류하기 위해! 아니, 비행기를 타고 서호주까지 날아왔다. 그런데 단 몇 분 만에 합류 불가 통보를 받다니!

한동안 아무 말도 못 하고 멍하니 서 있을 수밖에. 정신이 돌아오자 모두의 시선이 송 대장에게 향했다. 이게 도대체 무슨 상황이야? 서호주 탐험의 설계자이자 리더인 송 대장의 설명이 필요했다. 우리의 황당함을 가라앉힐 합리적이고 타당한 설명 말이다. 우리는 송 대장의 장황한 이야기를 듣고 나서야 모든 상황을 파악하게 됐는데…….

애초에 NASA의 우주생물학 투어 프로그램은 철저히 전문가를 위한 것이었다. 우리 같은 아마추어를 위한 것이 아니었다. 송 대장은 예전부터 참가를 요청해왔지만 그에 대한 확답을 듣지 못했다. 아마도 주최 측은 정중하게 거절했을 것이다. 하지만 추진력과 열정의 화신 송 대장은 서호주까지 쫓아가면 자연스럽게 동참할 수 있을 거라 판단했던 것. 그리고 바로 지금 보기 좋게 차여버렸다. 아니, 어째서 이 사실을 미리 알려주지 않았지?

그렇게 NASA 우주생물학 투어 프로그램 팀은 우리를 두고 떠나버렸고, 우리는 탐험의 목적을 상실한 채 붉은 황무지 한가운데 남겨졌다. 탐험의 목적을 상실한 탐험대! 최악이란 바로 이런 것이겠지.

서호주에 온 이후 스멀스멀 피어나던 두려움은 오지의 거친 환경 때문이 아니었다. 두려움의 대상은 믿을 수 없는 탐험 대장! 송 대장이었다!

공포와 전율!!

아…….

이제 어떡하냐.

마음은 참담한데 눈앞의 풍경은 지독하게 아름다웠다. 금세 붉은 노을이 지더니 바다 위로 검은 커튼이 내려왔다. 구름 사이로 고개를 내민 달빛이 회색과 푸른색이 감도는 잔잔한 수면을 밝혔다.

미치도록 아름다워서 비현실적이었다.
우리는 한동안 아무 말 없이 바다만 바라봤다.
이제 뭘 해야 되지?

무슨 포기?
과학자들 쫓아가서
끼워달라고 하자는
말이에요?

송 대장, 이건 심각한 상황이야.

그 프로그램에 우리가 낄 수 있느냐고 내가 여러 번
물어봤잖아요. 그럴 때마다 송 대장 뭐랬어요?
난 프로다, 날 그렇게 못 믿겠냐, 그냥 따라오면 된다……
이렇게 말했잖아.

송 대장!
어떡할 거야, 이제!

난 대장 시켜달라고 한 적 없어요.
나 대장도 아니고, 가이드도 아니라고요!
그냥 다 같이 온 거죠.

뭐, 뭐?
무슨 말이야?
과학자들과 함께한다고 해서
무리하면서까지 온 건데!
지금 그 이야기를 하고 있다고!

바닷가 옆 숙소는 나무와 양철판으로 만들어 족히 100년은 넘어 보이는 건물이었다. 마치 제2차 세계대전 때 포로수용소 같아 우리 기분은 더 참담해졌다.

안 돼! 정신 차려! 송 대장을 뺀 나머지 멤버 셋이 모였다. 이 사태를 해결해야 했으니까.

다들 제정신이 아니었다. 냉정해지자! 지금 시점에 송 대장에게 문제의 책임을 묻는 건 의미 없다. 당장 필요한 것은 주어진 시간과 현실을 받아들이는 것뿐! 우리는 서호주 여정을 이어 나가기로 합의했다. 그리고 규칙을 정했다.

첫 번째는 안전! 원래 가려던 곳 중 위험한 두 장소는 포기하고, 우리가 머물 곳을 확실히 정했다. 큰길로만 이동하고 샛길이나 들판으로 빠지지 않기!

돌아버리겠다.

오케이,
다음!

두 번째는 구성원끼리의 확실한 의사소통! 송 대장에게 전적으로 의지하다 이 사태를 맞게 된 것 아닌가. 아침과 저녁에 두 번씩 모여 이동 동선과 캠핑장에 대해 논의하기로 했다.

'서호주를 누비는 모험'에서 '서호주에서 생존하기'로 탐험의 장르가 바뀐 느낌이지만, 이것이 당시로선 최선이었다.

송 대장, 거기서 뭐해?
여기로 와봐요.

송 대장은 침울했다. 대책 없는 계획과 무모함에 대한 죄책감이 그에게도 있겠지. 축 늘어진 채 모닥불 앞에 앉아 있는 그에게 따뜻한 커피를 건넸다. 송 대장은 4년 전 일화를 들려주었다.

당시 과학 독서 동아리에 몸담고 있던 송 대장은 서호주 탐사 선발대로 지원했다. 동아리 멤버 한 명과 이곳에 도착해 차를 몰고 지도에서만 보던 장소로 달려 나갔다.

하지만 송 대장은 길을 잃었고 계획한 경로에서 벗어났다. 계속 달렸지만 길은 나오지 않았고, 설상가상 차는 웅덩이에 빠져버렸다! 맙소사! 송 대장은 이미 서호주의 오지에서 조난당한 경험이 있었던 것이다! 그와 교대로 운전하던 나는 그 상황이 어쩐지 이해됐다. 송 대장의 무모함은 전혀 달라지지 않았던 것이다! 주변은 인적 없는 사막! 차를 버리고 도로에서 벗어나는 것은 대단히 위험한 행동이었다.

하지만 우리의 송 대장은 차를 버리고 도로에서 벗어났다. 사막 한가운데에서 구조되길 기다리다 죽을 것 같았단다. 그들은 한 방향을 정하고 계속 걸었다. 직선으로 가다 보면 도로나 마을 어디에든 닿게 되리라는 희망을 가졌던 것이다. 더러운 웅덩이를 만나면 목을 축였다. 그마저도 다행이라고 생각했다.

내가 살아남은 이유가 뭔지 아세요?
과학자였으니까! 낮에는 해의 방향을,
밤에는 별자리를 보았기에 한 방향으로만
갈 수 있었어요. 그걸 모르면
십중팔구 큰 원을 그리면서 한곳을
맴돌게 되죠. 그러다가 죽는 거예요.
세상에나!

송 대장은 우여곡절 끝에 한국으로 돌아왔다.

이후 서호주에서의 일화를 글로 써서 과학 잡지에 발표했는데, 이 이야기가 당시 꽤나 유명해졌다.

이를 계기로 송 대장은 소프트웨어 개발사에서 과학 잡지사로 이직하게 됐고, 서호주 전문가이자 과학 저널리스트로 거듭났다. 인생은 참 알 수 없다. 조난을 계기로 직업도, 삶의 방향도 바뀌다니. 생각해보면 나 역시 우연한 일로 인생의 길이 바뀌곤 했다.

그때요. 며칠을 계속 걷다가 체력이 바닥났어요.
땅에 누워 밤하늘을 보고 있으니
'여기까지인가 보다' 싶더라고요.
와이프 생각나고,
내 아들 진수……
아빠 없이
살겠구나, 했죠.

송 대장, 설마!
동정심으로 지금 상황을
모면하려는 건 아니겠지!

하지만 송 대장도 악의를 가지고 일부러 이런 사태를 만든 건 아닐 것이다. 마음 약한 나는 이미 이 남자에게 측은한 마음이 들었다.

하지만 이건 확실하다. 송 대장은 조난당할 일을 자초하는 성향이 있다는 것! 앞으로 송 대장과 함께하는 한 나도 위험에 처할 수 있다는 사실을 가슴 깊이 되새겼다.

이따 자기 전에 내일 일정을
다시 한번 공유합시다.

몇 번 말해요.

숙소로 들어가려는데, 해안가의 암석들이 나의 시선을 사로잡았다. 독특한 모양의 암석들이 달빛에 어렴풋이 모습을 드러내고 있었다. 상황은 엉망진창이었지만, 김의 말대로 이곳은 정말 아름다웠다.

숙소는 밖의 풍경과 어울리지 않게 허름하기 짝이 없었다. 건물과 자연의 중간쯤에 있는 무엇이랄까? 지붕과 벽은 금이 가고 구멍이 나 있어 안과 밖이 하나로 이어진 듯하다.

침대는…… 이걸 침대라고 부를 수 있나 싶었지만, 땅이 아닌 침대에서 이불을 덮고 잔 게 너무 오랜만이었기에 금방 잠이 들었다.

5

지구 역사의 산증인, 스트로마톨라이트

카블라 포인트에서 하멜린 풀로

REA ✈ AUSTR

이것은 진정한 시간 여행이다. 그리고 세계의 불가사의에 비교하자면 기자의 피라미드와 견줄 만하다.

·리처드 포티(Richard Fortey, 1946~)

여섯째 날
6월 20일

서호주에 온 이후 가장 개운한 아침이다. 텐트가 아닌, 지붕과 매트리스의 위력이 이 정도였던가?

지난밤, 달빛에 어렴풋이 고개를 내밀고 있던 동그란 암석들의 정체를 알아냈다. 맑은 바다가 암석의 밑동까지 고스란히 보여줬다. 암석들은 그 이름도 찬란한 스트로마톨라이트(stromatolite)!

스트로마톨라이트는 지구에 살았던 모든 생물의 조상 중 조상이다. 숙소가 위치한 카블라 포인트는 스트로마톨라이트가 있는 지역으로, 이 정도 규모는 세계에서 유일하다. 군락을 형성할 만큼 많은 암석들을 볼 수 있다는 것만으로도 서호주로 달려올 가치는 충분하겠지.

숙소의 주인은 릭 아저씨와 크리스티나 아주머니! 듬직한 릭 아저씨도 그렇지만, 크리스티나 아주머니의 외모는 고전적이다. 마치 150년 전으로 타임머신을 타고 가서 현재로 모시고 온 것 같은. 옷차림도 그렇고 말투까지 영락없이 고전 영화에나 등장할 법한 고상한 분위기가 철철 흘러넘쳤다.

릭 아저씨는 숙소와 그 주변의 광대한 땅을 소유한 엄청난 재력가다. 여기 말고 다른 지역에서도 큰 리조트를 운영한단다. 시골 별장처럼 쓰고 있는 이곳에서 그는 뜻밖에도 우리에게 엄청난 기회를 주었다.

스트로마톨라이트를 가까이서 볼 수 있는 기회라니! 이건 정말 예상하지 못한 일이었다. 카블라 포인트의 스트로마톨라이트는 과학자들만 출입을 허가해주는 곳이라 관광객은 들어갈 수 없다. 우리는 특별한 혜택을 받은 셈이었다.

스노클링 장비를 바리바리 챙겨 바다로 달렸다.

멀리서 벌거벗고 개와 뛰고 있는 사람은 분명히 릭 아저씨였다.

어? 릭 아저씨다!

왜 벗고
뛰시는 거야?

아무도 없는 곳이니까.
우리가 오기 전까지.

우리 와 있잖아.
그런데도 저러시는데?

멋지게 사신다.
부럽네.

바다는 고요하고 맑았다. 태양이 작열했지만, 물에 들어가기 위해 옷을 벗자 해변의 차가운 바람이 온몸을 때렸다. 평범해 보이는 이 백사장은 모래가 아닌 작은 조개껍데기들로 만들어진 거대한 무덤, 셸 비치(Shell Beach)였다. 맨발로 백사장을 몇 걸음 걷자마자 고통의 탄식이 터져 나왔다. 이 와중에 놀라웠던 건, 송 대장은 셸 비치에 갈 생각으로 그에 딱 맞는 신발을 준비했다는 것이다.

스트로마톨라이트를 직접 볼 수 있다니! 이 사건은 서호주 탐험의 하이라이트였다. 스트로마톨라이트를 보기 위해 학기 중에 무리하면서까지 학교를 설득하지 않았던가. 들뜬 마음을 안고 적막한 샤크만으로 걸어 들어갔다. 바람 한 점 없이 수면은 잔잔했다.

물속은 말도 안 되게 추웠다. 원래 스트로마톨라이트는 수심이 낮은 물가에만 분포하는데, 여기 샤크만은 얕은 수심이 먼 곳까지 이어져 넓게 펼쳐진 스트로마톨라이트 군락을 만날 수 있다.

옛날 사람들은 스트로마톨라이트를 보고 무슨 생각을 했을까? 바위가 요상하게 생겼다고? 변비를 앓는 거대한 공룡들이 싸 놓은 똥이라고? 화산이나 지각 활동으로 인해 생긴 자연현상이라고?

스트로마톨라이트는 모양 그 자체도 신기하지만, 이 녀석이 가지는 의미는 실로 위대하다. 지구상에서 스트로마톨라이트에 얽힌 이야기만큼 장구한 역사를 가진 경우는 찾아보기 힘들다.

최근에 와서야 과학자들은 스트로마톨라이트가 어떻게 만들어졌는지 알아냈다. 그 탄생기는 다음과 같다.

스트로마톨라이트는 생명체에 의해 만들어졌다. 그 생물체는 바로 시아노 박테리아. 광합성을 하는 시아노 박테리아는 비교적 흔한 세균의 일종으로, 남세균이라고도 불린다.

스트로마톨라이트 표면을 고성능 현미경으로 보면 작디작은 시아노 박테리아가 오밀조밀 붙어 있다. 시아노 박테리아는 스스로 분비하는 점액질에 둘러싸여 있는데, 바닷물에 떠다니는 작은 부유물이 그 점액질에 달라붙는다.

이게 뭐 그리 대단하냐고? 오랜 시간 동안 이 과정이 반복된다면 어떨까?

점액질에 부유물이 퇴적되는 것이 반복되다 보면 1년에 1밀리미터가 조금 안 될 정도가 쌓인다. 100년쯤 지나도 10센티미터가 되지 않는다. 지금 우리가 볼 수 있는 지름 50~100센티미터의 스트로마톨라이트는 1,000년이 넘는 시간 동안 만들어진 것들이다.

그렇기에 스트로마톨라이트는 암석이 아닌, '생명체 활동의 흔적'이라고 말하는 것이 정확하다.

스트로마톨라이트가 이처럼 대규모로 존재하는 곳은 샤크만이 유일하다. 그 이유는 바로 절묘한 자연환경 때문.

샤크만은 육지 안으로 바다가 파고든 모양이다. 대양과 연결된 좁은 통로가 있긴 하지만 해양식물로 인해 만으로 유입되는 조류의 흐름이 막혔다. 결과적으로 바닷물은 고립되고, 수심이 매우 낮은 환경이 형성됐다.

뜨거운 햇빛 아래 바닷물의 염도는 오랜 시간 높게 유지됐다. 이는 샤크만의 생물 다양성을 크게 제한했다. 수면 바닥에 있는 박테리아를 잡아먹을 해양 생물도 존재하지 않아, 금방 다른 생물들의 먹이가 됐을 시아노 박테리아가 샤크만에서는 오랜 시간 유유자적하며 그들만의 세상을 만들어 나갈 수 있었다. 샤크만에 스트로마톨라이트 군락이 형성된 또 다른 이유가 거기에 있다.

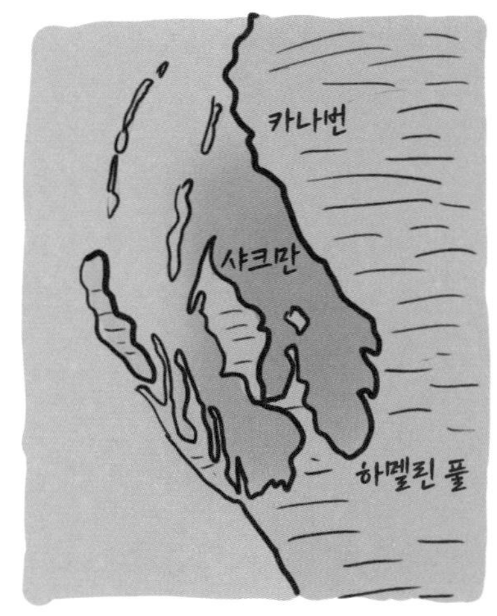

그렇다. 시아노 박테리아가 스트로마톨라이트를 만들었다! 그런데 과학계는 이 발견을 왜 그토록 놀라워하는 걸까?

답을 찾기 위해 샤크만에서 북쪽으로 수백 킬로미터 올라가면 지구상에서 가장 덥고 황폐한 지역, 필바라(Pilbara)가 나온다. 그곳에는 마블바(Marble Bar)라는 작은 도시가 있는데(탐험대도 이곳에 간다!), 거기서 서쪽으로 50킬로미터쯤 더 가면 노스 폴(North Pole)에 도착한다. 바로 그곳에서 이상한 흙무더기가 발견됐다.

노스 폴로 달려간 과학자들은 조사를 시작했다. 흙무더기가 샤크만의 스트로마톨라이트와 비슷한 모양이었기 때문이다. 잘라서 단면을 확인해보니 줄무늬 모양의 층이 있었다. 과학자들은 쾌재를 불렀다. 연대 측정 결과는 무려 35억 년!

연구를 마친 과학자들은 논문을 발표했다. 요약하면 이렇다. 35억 년 전 이미 스트로마톨라이트가 생성되고 있었다. 즉, 그때부터 광합성하는 시아노 박테리아의 조상이 살았던 것이다.

조금 성급한 결론일까? 그렇지 않다. 과학자들이 필바라의 흙무더기를 오래전 생물의 흔적이라고 주장하는 근거는 더 있다. 흙무더기에 미량 남아 있는 탄소 동위원소의 비율을 정밀한 기계로 측정했는데, 그 결과가 생물의 존재를 분명히 암시했던 것이다. 과학자들은 암석에서 생체 활동의 결과라고 짐작되는 부분의 탄소 동위원소 함량비를 정밀하게 측정함으로써 이를 증명하려고 애썼다.

잠깐. 동위원소란 원자의 핵에 있는 양성자의 수는 같지만 중성자의 수가 다른 원소를 말한다. 양성자의 수가 같으면 물질의 화학적 성질이 똑같지만 중성자 수의 차이로 원자의 질량에 차이가 발생한다. 동위원소들은 화학적 성질이 동일해서 겉으로 구분하기 힘들다. 하지만 관측 장치로 측정하면 미세한 질량 차이를 확인할 수 있다. 자연계에 있는 탄소는 가벼운 동위원소 ^{12}C(양성자 6, 중성자 6)와 무거운 동위원소 ^{13}C(양성자 6, 중성자 7)이 약 100 대 1의 비율로 존재한다. 그리고 생명체는 가벼운 탄소(^{12}C)를 선호하기 때문에 자연계보다 가벼운 탄소의 비율이 더 높다.

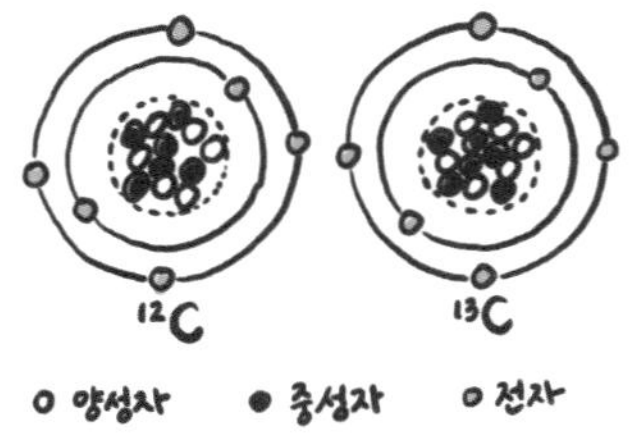

다시 말해, 30억 년의 나이를 먹은 암석에 섞여 있는 탄소를 정밀 측정한 결과, 가벼운 탄소의 비율이 일반적인 자연 상태의 비율보다 높다면 30억 년 전에 살았던 생명체의 흔적이라고 추측할 수 있다.

35억 년 전에 광합성하는 생물이 존재했다니! 이것은 과학계의 통설을 뒤집는 발견이었다. 광합성은 우리가 생각하는 것과 달리 매우 고도화된, 복잡한 시스템이다. 45억 년이라는 지구의 나이를 감안해야 한다. 지구가 생겨난 이후 고작 10억 년이 되었을 무렵 광합성하는 생물이 출현했다는 말은, 광합성하는 생물이 나타나기 전에 이미 많은 진화가 일어났다는 뜻이다. 최초의 지구 생명체는 지구가 생겨난 이후 우리 예상보다 훨씬 빨리 출현한 것이다.

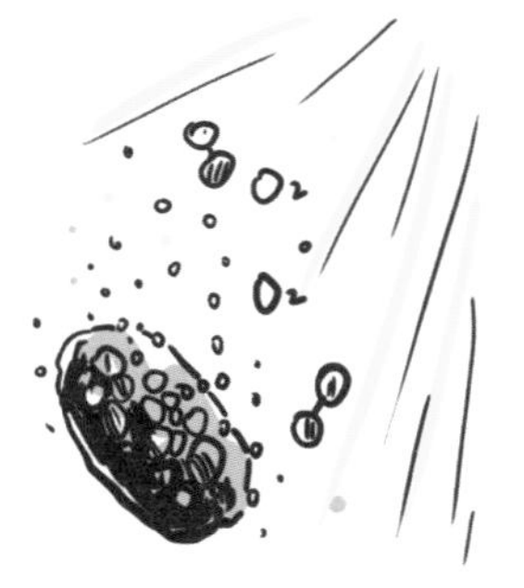

샤크만의 스트로마톨라이트가 오늘날 온전한 모습으로 존재하며, 우리가 그것을 직접 볼 수 있다는 사실, 바로 그 사실이 매우 중요하다. 몇백 년 전, 몇천 년 전 과거가 아니다. 정말 까마득하게 먼 35억 년 전 실제로 존재했을 가능성이 큰 생물체의 원형 아닌가! 고생물학자들이 연구할 수 있고, 우리가 생명의 위대함을 느낄 수 있는 것은 바로 스트로마톨라이트를 볼 수 있는 덕분이다. 샤크만의 스트로마톨라이트는 살아 있는 박물관 그 자체다.

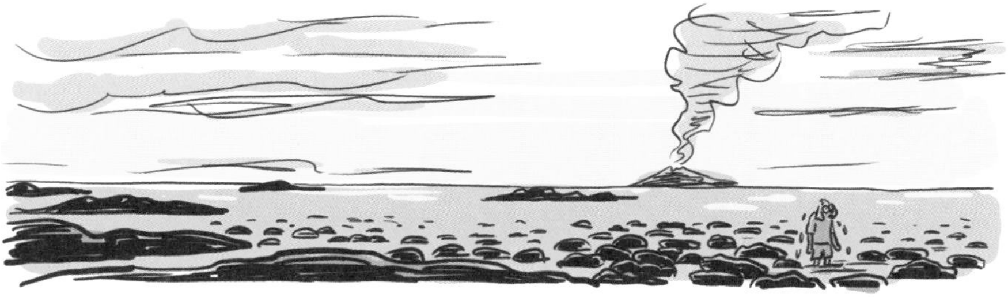

스트로마톨라이트가 대단히 중요한 이유는 어떤 기체 때문이다. 우리는 흔하게 여기지만 우주의 수많은 행성을 나열했을 때 극소수의 행성만이 가지고 있는 특이한 기체다. 타임머신을 타고 20억 년 전으로 간다면 우리 앞에는 암석과 흙뿐인 대륙만 있을 것이다. 바닷속에 들어간다 하더라도 흥미로운 것을 찾아볼 수 없을 것이다. 물론 세균이야 존재하겠지만, 현미경이 필요할 것이다. 지금처럼 하늘과 바다가 푸르게 빛나고 있지 않고, 걷는 것조차 어려울 것이다. 왜? 그때는 대기에 산소가 없었기 때문이다.

하늘이 파란 이유도 산소와 긴밀하게 연결되어 있다. 지구 대기의 대부분을 차지하는 먼지 같은 작은 입자들과 질소, 산소 분자는 태양으로부터 오는 가시광선 영역의 전자기파를 산란시킨다. 이때 파란색을 띠는 전자기파가 붉은색을 띠는 전자기파보다 훨씬 많이 산란된다. 대기에서 멀리 분산되는 파란색 전자기파 덕분에 우리 눈에 하늘이 파란색으로 보이는 것이다. 파장이 더 짧은 보라색 빛도 있지만 그 양이 너무 적고, 대부분 오존층에서 흡수되기 때문에 파란색이 압도적으로 많이 보인다. 질소나 산소 분자보다 큰 분자가 대기의 많은 부분을 차지한다면 다른 파장의 빛이 더 많이 보였을 것이다.

서호주의 하늘이 유독 짙푸른 이유는 공기가 맑고 건조하기 때문이다. 대기 중의 수증기나 먼지가 사라지면 질소와 산소에 의한 파란색 전자기파의 산란 효과가 더욱 극대화된다.

산소가 중요한 이유는 또 있다. 우리가 마시고 있기 때문이다. 대부분의 육상 생물이 잠시라도 산소를 마시지 못하면 죽는다.

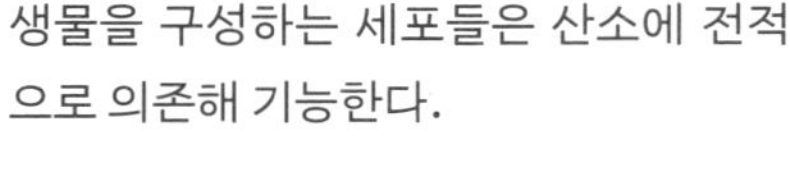
생물을 구성하는 세포들은 산소에 전적으로 의존해 기능한다.

특히 세포 안에 들어 있는 미토콘드리아가 산소를 원한다. 산소를 이용해 세포가 기능하는 데 필요한 화학에너지를 만들기 때문이다.

그렇다면 산소는 어떻게 생겨났을까? 결론부터 말하자면, 스트로마톨라이트를 만드는 시아노 박테리아 덕분이다! 지금도 여전히 살아 있는 시아노 박테리아가 35억 년 전에도 광합성을 하면서 열심히 산소를 만들었으며, 이후 시아노 박테리아로부터 변형된 다양한 후손들이 같은 방법으로 산소를 만들고 있다. 사실 그전까지 생명체들은 산소 없이도 잘 살았다. 광합성이 필수는 아니었다는 소리다. 광합성은 그저 우연히 생겨난 것으로 보인다.

우연히 생겨난 별종인 광합성 생명체가 수십억 년 동안 묵묵히 살아온 결과, 오늘날 지구는 풍부한 산소를 품게 됐다. 우주 전체적으로 봤을 때는 결코 당연히 일어날 일도, 흔한 일도 아니다.

사실 산소는 매우 유독한 기체다. 잘못하면 큰 불을 일으키거나, 강한 산화력으로 암석 같은 고체는 물론 생명체를 이루는 분자까지도 쉽게 파괴하기 때문이다. 외계인이 지구를 본다면, 글쎄…… 산소가 가득한 지구는 그들에게 행성이 아니라 지옥과 다름없는 곳일지도 모른다.

흥미로운 것은 시아노 박테리아의 관심사는 산소가 아니라는 점이다. 시아노 박테리아에게 산소는 똥 같은 일종의 배설물, 다시 말해 부산물에 가깝다.

광합성의 중요한 목표는 태양에너지를 화학에너지로 전환시키는 것이다. 이 과정에서 주변의 탄소를 땔감으로 쓰고, 그 부산물로 산소를 뿜어낸다.

처음에 과학자들은 산소(O_2)가 이산화탄소 분자(CO_2)로부터 나온다고 생각했다. 하지만 연구를 통해 산소가 물로부터 발생한다는 사실을 알아냈다.

광합성의 원리를 좀 더 살펴보자.

태양빛이 엽록소를 때리면 이때 발생한 에너지로 주변의 물 분자(H_2O)로부터 전자(e^-)를 빼앗는다. 이 과정에서 물 분자는 쪼개지고 산소가 방출된다(H^+, O_2).

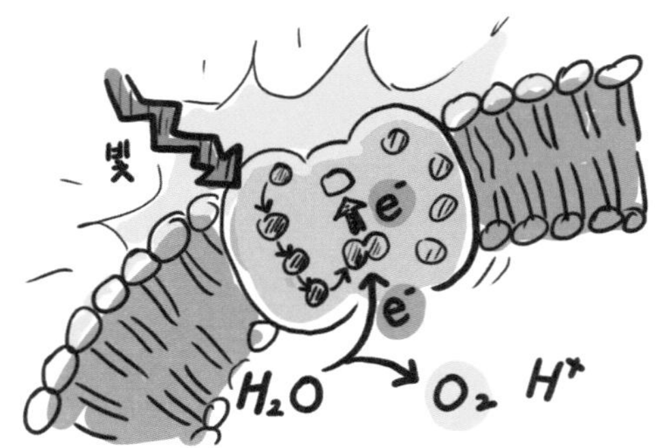

간단하게 이야기했지만, 광합성의 원리와 과정은 한참 설명해야 할 만큼 복잡하다. 광합성이 자연에 선사하는 엄청난 가치를 생각하면, 과학자가 아니더라도 누구나 이 경이적인 화학 과정을 알고 있어야 하지 않을까.

광합성은 35억 년 전에 갑자기 짠 하고 생겨난 것이 아니다. 광합성뿐만 아니라 모든 진화의 발명품이 일순간에 생겨난 경우는 없다.

과학자들은 이렇게 추측한다. 광합성을 하기 전, 생물은 물로부터 전자를 취하는 게 아니라 황화수소 같은 기체로부터 전자를 얻었을 거라고. 에너지 측면에서 보았을 때 그 방식이 좀 더 수월하기 때문이다.

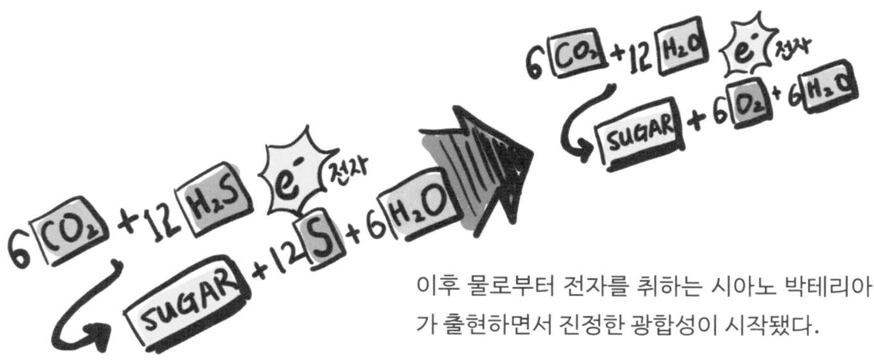

이후 물로부터 전자를 취하는 시아노 박테리아가 출현하면서 진정한 광합성이 시작됐다.

수십억 년이 흐른 지금도 지구의 생물은 그 방식을 그대로 사용하고 있다. 진화가 은근히 보수적이라 한번 괜찮은 체계가 만들어지면 주야장천 쓰는 경향이 있다.

물속에서 산소를 만드는 이 친구……. 단군보다도, 아담과 이브보다도, 공룡, 아니 그 모든 것보다도 더 오래되고 근원적인 궁극의 조상님이라 할 수 있겠다. 수십억 년 전에 생겨난 시아노 박테리아는 겸손하게도 그때나 지금이나 무심하게 보글보글 산소를 만들고 있다.

시아노 박테리아가 수십억 년 동안 지구의 생명체에게 끼친 영향을 보면 놀라지 않을 수 없다. 아니, 그런 표현도 부족하다. 35억 년 전부터 10억 년 전까지 20억 년 동안 열심히 일한 덕분에 바닷물에는 산소가 가득하다. 오늘날 대기 중 산소 농도는 21퍼센트 수준에 이른다.

물이 있는 곳이면 어디서든 열심히 일한 녀석들 덕분에 지구 생물의 총량도 엄청 늘어났다.

생물 종의 폭발적인 증가, 광합성하는 식물의 출현 등 시아노 박테리아는 지구의 모습을 완전히 뒤바꿔놓았다.

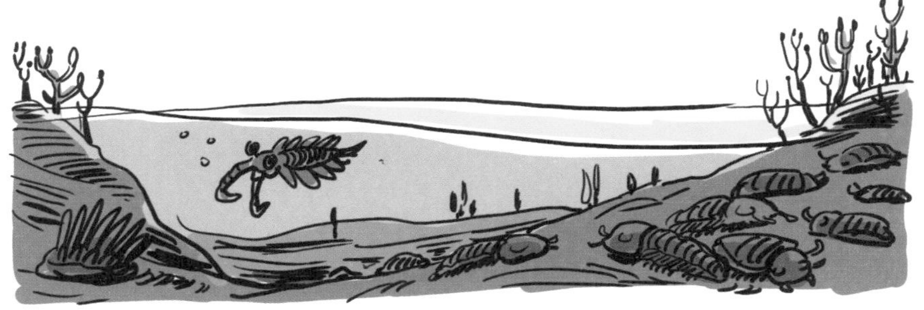

대기 중 산소 농도가 높아지자 대기권 상층부에 오존층이 형성됐다. 덕분에 자외선이 거의 차단되면서 물속 생물이 육지로 진출할 기회가 늘어났다.

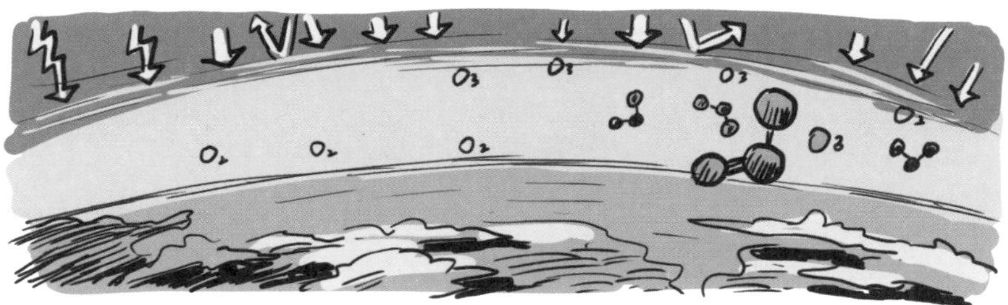

이처럼 장구한 생물의 역사는 산소를 만들기 시작한 시아노 박테리아로부터 시작됐다고 해도 결코 과장이 아니다. 광합성 생명체가 메인 테마곡이라면 그 후의 모든 생명체는 무수한 변주곡일 것이다.

고대의 스토로마톨라이트 시대는 끝났다. 35억 년 전 시작된 스트로마톨라이트의 전성기는 그 후 20억 년 정도 지속됐지만 다양한 생물들이 출현하면서부터 스트로마톨라이트가 생성될 기회가 사라졌다. 독특한 자연환경으로 수십억 년 전 고대의 스트로마톨라이트가 고스란히 보존되어 있는 샤크만이 살아 있는 박물관이라 불리는 이유다.

시아노 박테리아는 지금도 존재한다. 극지방은 물론, 땅속과 사막, 심지어 작은 웅덩이에도 있다. 시아노 박테리아는 다양한 환경에서 다양한 모습으로 변모해서 살아가고 있다(식물의 잎에 있는 엽록체는 시아노 박테리아와 흡사하다). 시아노 박테리아는 여전히 우리 곁에 있으나, 스트로마톨라이트를 만들 만큼 자기들끼리 평온하게 존재할 만한 곳이 없을 뿐이다.

지구 생명체를 멸종시키는 주범이 인간이라고 하지만, 잔혹하게 다른 생명체를 파괴하는 스케일을 봤을 때 인간은 시아노 박테리아의 발끝에도 미치지 못한다. 지구 생명체는 광합성 이전과 이후로 완전히 나뉠 정도다.

시아노 박테리아는 오랜 시간 지구 생명체를 그야말로 박멸했다. 시아노 박테리아가 출현한 이후 오로지 산소가 있는 환경에서 생존할 수 있는 극소수의 생명체만이 살아남았다.

오늘날의 지구 생명체까지 이어진 진화의 역사에서 가장 중요한 사건들이라고 인정받는 다른 것들이 있다. 원핵세포보다 크고 세포 골격을 갖추는 등 복잡한 구조를 지닌 '진핵세포'의 출현, 아메바나 세균처럼 단세포생물이 아닌 여러 세포가 모여 이루어진 '다세포생물'의 출현 같은 사건들이 바로 그것이다. 그러나 이들은 광합성 생명체의 산소 혁명에 머리를 조아려야 한다. 인류의 출현? 말도 말자. 명함조차 내밀지 못한다.

30년 넘게 삼엽충을 연구해온 고생물학자 리처드 포티(Richard Fortey)도 말하지 않았던가? 세계 7대 불가사의 중 하나인 이집트 카이로의 기자 피라미드도 스트로마톨라이트 앞에서는 아무것도 아니라고. 람세스도, 단군 할아버지도, 아인슈타인도, 호모사피엔스도…… 시아노 박테리아 앞에서는 아무것도 아니다.

모두 엎드려 시아노 박테리아를 경배하라.

릭 아저씨와 크리스티나 아주머니 덕분에 귀중한
시간 여행을 하고 돌아온 우리는 짐을 챙기고
마지막 인사를 나눴다.

부릉

덕분에 환상적인 하루를
보냈습니다. 잊지 못할 거예요.

안전하게 여행하세요.

우리는 샤크만 초입에 위치한
하멜린 풀 캐러밴 파크에 가기 위해 방향을 틀었다.

굳이 한 시간 거리에 있는 이곳에 온 이유는 역시 스트로마톨라이트를 보기 위해서였다. 스트로마톨라이트를 보려는 많은 이들이 대체로 하멜린 풀 캐러밴 파크를 찾아서 그런지 관광에 적합하게 조성되어 있었다.

릭 아저씨네에서 본 게
훨씬 좋아. 원시 그대로의
모습이었잖아.

관광지답게 캠핑장의 시설은 좋았고, 근처에 기념품 가게와 작은 박물관도 있었다.

할머니, 박물관 좀
구경할 수 있나요?
그럼요.
잠깐 기다려줘요.
열쇠를 가져올 테니.

박물관을 관리하는 포근한 웃음의 페트리카 할머니.

박물관은 옛 동네의 잡화점처럼 작았다.

HAMELIN POOL
천천히 봐.

박물관은 두 구역으로 나뉘어 있었다. 전신·전화 기지로 쓰였던 건물답게 한 구석에 골동품이 된 통신 기계와 장비가 전시되어 있었다. 페트리카 할머니는 미적 감각이 뛰어난 게 분명했다.

이거 봐!
완전 레트로잖아!

벽에 걸린 오래전 사진들도 눈에 띄었다.
빛바랜 기계와 사진은 그 자체로 보물이었다.

옆방으로 이동하니 갑자기 자연사 박물관으로 변모했다. 수조 안에 진짜 스트로마톨라이트가 있었다. 산소 기포가 보글보글 수면으로 뿜어져 나왔다. 아마도 세계에서 유일하고도 가장 귀여운 스트로마톨라이트 수족관일 것이다. 벽에는 지구 생명체의 시작부터 현재에 이르기까지 진화의 파노라마가 펼쳐져 있었다. 이토록 장구한 역사를 이렇게나 귀여운 그림체로 표현하다니…… 놀라웠다.

그림 너무
귀엽네. 하하!
조 작가가 다시
그려주면 안 돼?

서호주 여정 내내 송 대장과 나는 텐트를 치고 걷는 일을 맡았고, 강과 김은 요리를 전담했다. 강 작가는 볼품없는 재료로도 맛있는 요리를 뚝딱 만들어냈다. 그녀는 서호주에 오기 전에도 고비사막, 남극 등 오지를 다니면서 예술 활동을 위한 자료를 수집했는데, 오랜 야생 생활로 생존형 요리법을 터득한 모양이었다. 매번 처음 보는 요리를 내놓았지만, 우리는 그 맛을 의심하지 않았다.

오히려 강 작가가 이번에는 어떤 요리로 맛의 신세계를 경험하게 해줄까, 하며 기대했을 뿐이다.

대화를 나누다 보니 이들의 행선지가 우리와 꽤 겹쳤다. 삭막하고 사람 없는 황량한 지역을 다니다가, 낯선 이들을 만나 이야기하니 여행의 설렘이 느껴졌다.

그렇게 웃어본 건 정말 오래간만이었다.

뭐야, 이거?
하하하

다음엔 남자들끼리
오자고요.
그러자.

6

시아노 박테리아가 선사한 진정한 시간 여행

불행히도 우리는 38억 년 전부터 35억 년 전 사이, 즉 3억 년에 이르는 동안 생성된 화석을 아직 발견하지 못했다. 그동안 생명의 선조들이 어떤 모습을 하고 있었는지 전혀 알 수 없다. 그리고 아마도 화석 없이는 결코 알아낼 수 없을 것이다.

·에른스트 마이어 (Ernst Mayr, 1904~2005)

일곱째 날
6월 21일

하멜린 풀의 분위기가 마음에 들었다. 며칠 더 머무르고 싶었지만 일정대로 움직여야겠지.

빵! 빵!
그만해. 겁난다.
기다리자.
와, 이 녀석들~
눈 하나 끔벅 안 하네.
저 시크한
표정을 봐.
주인이 있는 건가?
아니면 그냥 야생동물?
야생이지,
당연히.

섬이자 나라이면서 대륙의 대부분을 차지하는 곳, 호주. 그런데 그 넓은 면적에 비해 사람이 없어도 너무 없다. 한국 땅의 80배나 되는 면적에 우리나라 인구의 절반만 살고 있다. 나라가 텅 비어 있는 거나 다름없다.

서호주를 호수라고 치면, 한국과 북한 땅을 퐁당 담가도 물이 조금도 넘치지 않을 것이다. 이렇게 넓은 서호주에 고작 270만 명이 살고 있으며, 그마저도 210만 명은 퍼스에 있다. 도시를 제외한 광활한 땅 위에 겨우 60만 명, 다시 말해 서울시 노원구의 인구 정도만 사는 꼴이다.

호주 정부는 지금까지도 서호주를 제대로 답사하지 못했다. 당신이 서호주의 고속도로를 달리다가 아무 데나 차를 대고 도로 바깥으로 걸어간다고 해보자. 어쩌면 당신은 호모사피엔스 역사상 최초로 그 땅을 밟은 것인지도 모른다. 달까지 갈 것도 없다.

사람 보고
싶지 않아?
교대하자.
교대해요.
120킬로미터나 됐어.
좀 더 달려도
될 것 같은데?
저기 봐. 안테나다. 엄청 큰데?
안테나 크기가
짐작이 안 되네.
오, 저기는 카나번
스페이스 트래킹 스테이션~
오우!
가자!

이 안테나는 카나번(Carnarvon) 우주위치추적소(Carnarvon Space Tracking Station, CSTS)의 일부로, NASA가 1961년부터 1972년까지 유인 달 탐사를 계획했을 때 달에 간 우주선과 지구의 교신을 위해 세워졌다. 당시는 미국과 소련이 우주 탐사를 목표로 자본과 과학기술을 한계치까지 투자하며 치열하게 경쟁하던 시절이었다. 이 녀석의 찬란한 전성기는 아폴로 탐사선이 달에서 쏜 전파를 받아서 전 세계에 중계한 순간일 것이다.

당시 NASA는 안테나의 부품을 이곳 서호주로 실어와 조립하는 방식으로 안테나를 최대한 거대하게 만들었다. CSTS가 건설될 장소로 서호주가 선택된 이유는 단순하다. 인간의 문명으로부터 가장 먼발치에 떨어져 있는 오지이기 때문이다. 서호주에는 빛, 전파, 소음이 없다. 게다가 대기는 건조하고 깨끗하다. 지구와 우주가 전파를 주고받을 때 방해될 것이 없다.

이 거대한 안테나는 1960년대부터 달과 NASA를 잇는 중계기로 그 역할을 다하다가 1972년 아폴로 17호의 교신을 끝으로 임무를 마쳤다. 이후 지금까지 수십 년 동안 사막의 모래를 뒤집어쓰고 있다.

안테나 외관이 마음에 들었다. 증기기관차 같달까? 모양이 잘 빠진 KTX도 멋지지만, 나는 기계다운 매력을 뿜어내는 마초 같은 증기기관차를 사랑한다. 이곳에 있는 CSTS의 안테나는 바로 증기기관차의 이미지를 상기시켰다. 아주 멋진 녀석이었다.

안테나 다
나오게 찍어요~

찰칵!

나도 찍어줘요!

안테나 옆엔 작은 박물관이 있었다.
이곳 박물관도 정말 앙증맞고 귀여웠다.

박물관에는 당시 직원들이 썼던 오래된 통신 장비들이 여기저기 세워져 있었다. 큐레이션 따위는 신경 쓰지 않은 것 같았다. 그 모습 그대로 정겨웠다. 신기한 건, 사람이라곤 도무지 찾아볼 수 없는 서호주 곳곳에 작지만 있을 건 다 있는 박물관들이 있다는 사실이다. 이후에도 박물관을 몇 개 더 방문했지만 당연하게도 사람은 없었다. 그럼에도 역사를 기록하고 보존하려는 노력은 박수받아 마땅하다.

궁금해서 그러는데,
어딜 그렇게 쏘다녀?

여덟째 날

6월 22일

굿모닝~
더 잘 수 있는데……. 이제 진짜 아침형 인간이 됐어.
커피 남은 거 있어요? 간절하다, 커피.
잠깐만, 이 정도 거리면 종일 가야 하잖아.
다들 허리 조심하쇼.

오늘 밤은 나누타라의 로드하우스에서 신세를 지기로 했다. 대부분의 로드하우스처럼 이곳에도 캠핑장이 딸려 있다. 캠핑장 안에는 광물을 실은 커다란 트럭들이 가득이다.

호주 경제는 광산업으로 일어섰다. 땅에 매장된 어마어마한 양의 광물을 채굴하면서 19세기 중반 골드러시가 시작됐고, 이로 인해 호주는 빅토리아 시대 가장 부유한 식민지가 됐다. 당시 황금시대를 맛보기 위해 호주로 이민자들이 밀려왔다. 이후 철광석, 알루미늄, 우라늄, 석탄 등을 대량생산하면서 호주는 광업의 전성기를 맞이했다. 오늘날에도 수출액의 절반을 차지할 정도로 광물은 호주 경제를 책임지고 있다.

그중 주인공은 철광석! 전 세계 철광석 생산량의 40퍼센트를 차지한다. 우리나라가 수입하는 철광석의 약 60퍼센트가 호주산이다. 호주에서 철광석이 얼마나 흔하냐고? 길을 걷다가 평평한 짙은 색 돌을 주으면 대체로 철광석이다.

서호주의 북쪽 도로를 바삐 오가는 트럭의 운전사들은 대개 광산업에 종사하는 사람들이다. 커다란 트럭도 그렇지만 운전사들의 모습은 영화 <반지의 제왕>에 나오는 수염 난 난쟁이족 광부들을 떠올리게 한다.

이야기를 들어보니, 이들의 수입은 대단히 높다고. 몸을 써야 하는 직군은 그만큼 합당한 보수가 주어져야 한다. 어쩐지 트럭을 모는 그들의 표정이 여유롭더라.

인간이 채굴하는 철의 90퍼센트는 호상철광이다. 호상철광은 20억 년 전 광합성을 하는 생명체에 의해 생성되어 바다 밑바닥에 쌓이며 철광석 층을 만들었다. 대체 어떤 생명체가? 시아노 박테리아! 또 시아노 박테리아다! 산소부터 하늘, 오존층을 만들더니 이번에는 철광석까지……! 정말 대단한 녀석 아닌가.

보잘것없어 보이는 시아노 박테리아의 보글보글 '산소 만들기'는 오래오래 진행되어, 마침내 철광석을 만들어냈다.

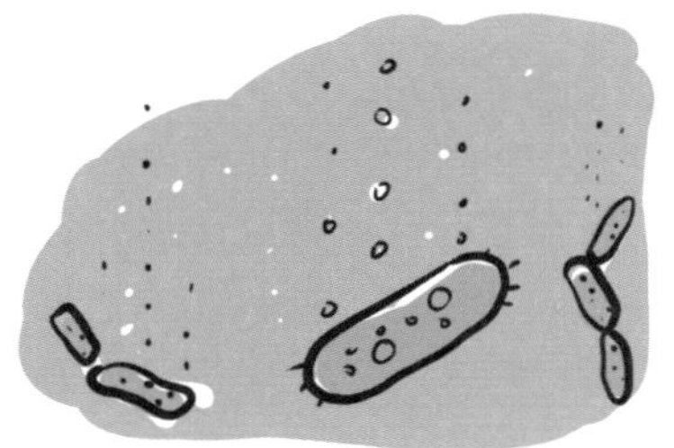

호상철광이 형성되는 과정을 간략히 살펴보자.

시아노 박테리아가 만든 산소(O_2)는 바닷물의 철(Fe)과 야금야금 결합했다.

그렇게 생성된 산화철(Fe_2O_3)이 가라앉아 바닥에 차곡차곡 쌓여갔다.

수억 년 동안 이 과정이 반복된 결과, 두꺼운 호상철광 층이 형성됐다.

오늘날 인간은 순도 높고, 양도 많고, 채굴하기도 좋은 철광석을 캐고 있다. 우리가 쓰는 대부분의 철이 바로 여기에서 나온다. 찬란한 문명의 근간에는 여전히 철광석이 자리 잡고 있다. 인간은 지금도 철기시대에 살고 있다.

다시 한번 시아노 박테리아에게 경배를……!

텐트 치는 데
도사가 다 됐다.

콘센트가 어디에 있다고?
며칠 지나니 생각이랄 게
없어졌어요.
생각 자체를 안 하고
있는 것 같아.
호주에 온 지
얼마나 지났죠?
?

7

35억 년 전 바다를 간직한 카리지니 협곡

나누타라에서 마블 바로

KOREA ✈ AUSTR

서호주의 공허함과 눈부신 햇빛에는
결코 질리지 않는 매력이 있다.

·빌 브라이슨(Bill Bryson, 1951~)

아홉째 날
6월 23일
비포장도로네.
앞으로 쭉 이럴 거예요.
쿵쿵
쿵
서호주에서는 오프로드 차가 필수라는 이유가 이거였구나.
차 망가지는 거 아니겠지?
진정한 아웃백 느낌이 팍~!
와~ 저 지층 좀 봐. 잠깐 차 세우자.

날씨가 점점 흐려지고 있었다. 퍼스에 도착한 후 며칠간 하늘에는 구름 몇 점만 둥실 떠다녔다. 그야말로 짙푸른 하늘이었다. 하지만 시간이 지날수록 구름이 많아졌고, 오늘은 비도 몇 방울 맞았다.

빛이 없어서 좋잖아~
거 달리기 딱 좋은 날씨네~

서호주 평원은 단조롭기 그지없다. 몇 시간 달려도 여기가 저기, 저기가 여기 같다. 랜드마크가 될 만한 뭔가가 거의 없으니 도로를 벗어나면 길을 잃기 십상이다. 잘못하면 조난당할 수도 있다.

메마른 서호주 평원은 허기를 몰고 온다. 다들 내 의견에 동의했다. 차로 장시간 이동하는 건 운전을 하든 안 하든 체력을 엄청 갉아먹는 게 분명하다.

운수업이 얼마나 혹독한 육체노동인지 체감할 수 있는 배고픔이었다. 첫날 퍼스에서 산 식료품은 턱없이 부족했다. 그때 주식을 2배는 더 사야 했다. 아니, 먹고 소화시킬 수 있는 거라면 뭐든지. 그 와중에 커피도 마시고 싶었다. 커피는 일주일 만에 동났는데…….

그리고 견과류! 로드하우스에 들르면 봉지에 들어 있는 견과류를 꼭 샀다. 땅콩과 아몬드, 건포도 등이 들어 있는 이것을 탐험 내내 흡입하듯 먹었다. 견과류는 부피에 비해 열량이 높다. 서호주에서 나의 몸은 어떻게든 칼로리를 흡수하려는 생명체 그 자체였다. 견과류를 사면, 몇 시간 안에 다 먹어 치우기 일쑤였다. 평생 그렇게 많은 견과류를 먹은 적이 없었다.

기름 게이지를 조마조마한 마음으로 바라볼 때쯤이면 로드하우스가 딱 나타났다. 기름이 떨어지기 직전 아슬아슬하게 나타나는 로드하우스 때문에 언제나 불안에 떨어야 했다.

호주의 로드하우스를 우리나라의 고속도로 휴게소와 비교하면 안 된다. 어느 지역에서나 있을 게 다 있는 고속도로 휴게소는 이곳의 로드하우스에 비하면 거대한 궁전, 대형 마트나 다름없다. 처음 로드하우스에 들어갔을 땐 코딱지만 한 크기에 "애개" 하고 비웃었지만 탐험이 계속될수록 로드하우스가 존재한다는 것에 절절한 고마움을 느끼게 됐다.

종류는 부족해도 로드하우스에선 먹을 것을 판다. 서호주 오지로 깊숙이 들어갈수록 비싸기는 오지게 비싸졌지만 내 몸은 고칼로리 영양분을 달라고 아우성쳤다. 결국 우리는 양고기를 좀 샀다.

퍼스에서 하멜린 풀까지는 농담도 주고받았지만 그 후 차 안은 점차 적막이 지배했다. 뒷자리는 침대칸이 됐고, 운전사는 의식의 끈을 부여잡고 지평선으로 사라지는 도로의 끝만 쳐다볼 뿐이었다.

달리는 좌표계는 시간이 느리게 간다는 특수상대성이론은 정말 옳은 것 같다. 교대하기까지 한 시간 정도 운전하는 시간은 내가 아는 한 시간보다 훨씬 길게 느껴졌고, 하루는 거의 이삼 일 정도의 시간처럼 길게 늘어지는 것 같았다.

어떻게든 전진한 끝에 카리지니 국립공원을 알리는 표지판을 만났다. 이정표가 아주 가끔 가다 나오는 통에 내내 불안에 떨었다. 이놈의 서호주는 로드하우스도, 표지판도 사람 마음을 한참 졸이게 한 다음, '살려는 드릴게' 하며 스윽 나타난다.

카리지니 국립공원 캠핑장에 도착했다.
광부들이 많았던 전날의 캠핑장과 달리
이곳에는 어르신이 많았다.

어르신들은 주변을 산책하고, 요리한 음식을 나눠 먹거나, 삼삼오오 모여 담소를 나눴다. 터프하게 타이어를 갈거나 자동차를 수리하는 분도 있었다. 얼핏 보아도 여든은 족히 넘은 것 같았다. 이들은 거친 서호주에서 온갖 잡스러운 난관을 스스로 해결하며 몇 달 동안 자동차 여행을 한다. 그동안 내가 나이 많은 어르신을 과소평가해왔나 보다.

서호주는 노년층의 여행지로 인기가 높다. 광산업 외에 상업 활동이랄 게 없는 곳이지만, 2000년대 시작된 노년층의 탐험 열정으로 인해 서호주의 지역 상권이 크게 발전했다는 통계가 있다. 조사에 따르면 서호주 여행객 중 노년층은 한 해 100만 명이 넘으며, 이 덕분에 지역 경제가 5억 달러 이상 성장했다고 한다.

내가 사는 동네, 아파트 주변을 천천히 산책하던 어르신들이 떠올랐다. 만약 우리나라도 호주처럼 땅이 컸다면, 분명 이분들도 엄청난 기동력을 발휘하셨을 거다.

서호주에서 만난 어르신들은 표정에서 피곤함이 느껴지기는커녕, 눈에서 생기가 뿜어져 나왔다. 우연히 할아버지들의 대화를 들었는데, 동네 청년들의 대화와 다름없었다.

이분들도 아시아인이 낯설고 궁금한 모양이었다. 간혹 가다 돌아보면 우리를 빤히 쳐다보는 어르신과 마주쳤다.

종종 인사말을 건넬 때마다 어르신들은 기다렸다는 듯 질문을 쏟아냈다. 입질을 느끼고 낚싯대를 낚아채는 낚시꾼 같았다.

아름답습니다.
땅이 정말 평평해요.

우리나라는 온통 산이에요.
지평선에서 해가 사라지는
모습은 저에게 낯선 광경입니다.

한국?
현대, 삼성,
엘지!

네!

외국인들이 그런 얘기를
많이들 하더라고.

자네, 김정은에 대해서는
어떻게 생각하나?

김정…… 하하!

안 무서워?

골치 아프죠.

어르신들과의 대화는 적당한 선에서 끊어야 했다. 안 그러면 몇 시간이고 말을 건네실 게 뻔했다. 자기 캐러밴에 가서 맛있는 음식을 먹자거나, 커피 한잔하자는 분도 있었다.

짙은 구름으로 별이 보이지 않았다. 비가 왔는지 땅은 축축했고, 습기 때문에 더 싸늘했다. 불을 피우고 몸을 따뜻히 녹이니 졸음이 쏟아졌다. 밤 10시가 되면 몸은 견딜 수 없을 정도로 천근만근이 됐다.

열째 날
6월 24일

카리지니 협곡으로 향했다. 서호주에 오기 전 송 대장이 여러 번 협곡의 장관에 대해 말했다. 워낙 허풍과 과장이 심한 양반이라 도착 전부터 기대치를 미리 낮춰놓은 상태였다. 그런데 이번만큼은 달랐다.

협곡은 정말 어마어마했다!

일단 규모에서부터 압도당했다. 서호주 땅을 밟은 뒤로 넓디넓은 벌판만 봤는데, 갑자기 쩍 갈라진 땅이 나타나는 게 아닌가? 게다가 땅은 말도 안 되는 깊이로 꺼져 있었다. 바닥까지 족히 100미터는 되어 보였다. 거대한 칼로 자른 듯 수직으로 쪼개진 모습이라니!

대한민국에도 카리지니 협곡 같은 곳이 있다면 어땠을까? 수많은 상가와 호텔이 들어섰을 테고, 온갖 안전장치가 협곡을 둘러쌌을 것이다. 그러나 여기는 달랐다. 최소한의 난간과 철계단이 설치되어 있을 뿐, 그마저도 위태로워 보였다.

어마어마
하다!

이렇게
깊다고?

층층이 쌓인 지대가 협곡 표면의 무늬를 만들었는데, 전체적으로 검붉은 색을 띠고 있었다. 만져 보니 정말 딴딴했다. 마치 붉은 벽돌로 쌓아 올린 거대한 요새 같았다.

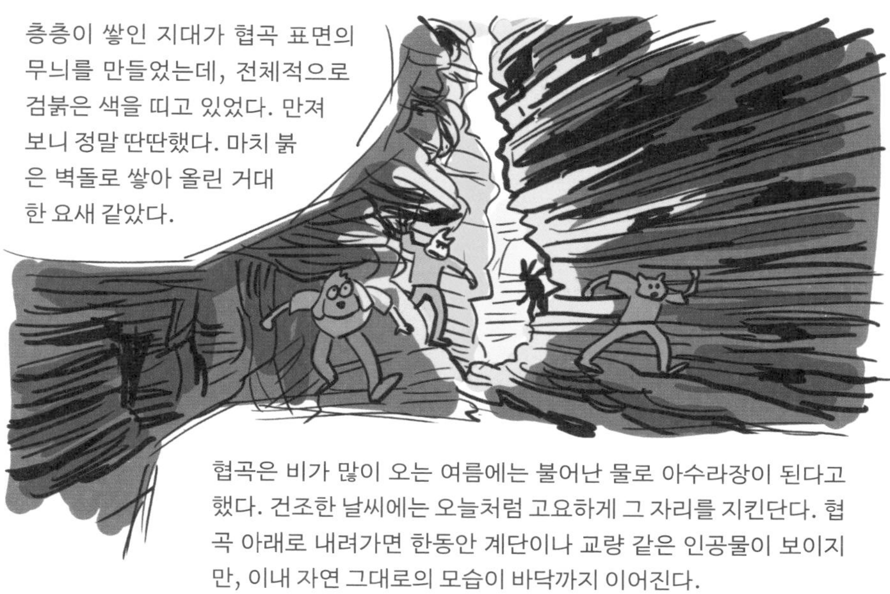

협곡은 비가 많이 오는 여름에는 불어난 물로 아수라장이 된다고 했다. 건조한 날씨에는 오늘처럼 고요하게 그 자리를 지킨단다. 협곡 아래로 내려가면 한동안 계단이나 교량 같은 인공물이 보이지만, 이내 자연 그대로의 모습이 바닥까지 이어진다.

협곡에서는 걸을 때마다 다음 걸음 놓을 자리를 계속 살펴야 했다. 가끔 경사가 가팔라지면 기어올랐고, 지층이 불쑥 튀어나오면 조심스레 걸었다.

강 작가가 녹음 작업을 하는 동안, 우리는 멀찌감치 떨어져 있었다. 발소리나 인기척을 내서는 안 됐다. 강 작가는 특히 헛기침 소리를 조심해달라고 부탁했다.

고성능 마이크로 자연의 소리를 그대로 담아 가는 것이 강 작가의 탐험 목적 중 하나였다. 그는 정말 어렵게 부탁해 고가의 마이크를 빌려 왔다고 우리에게 몇 차례나 강조했다.

지질학자들의 연구에 따르면, 카리지니는 35억 년도 더 된 과거에는 깊은 바다의 밑바닥이었는데, 시간이 흐르면서 해수면이 낮아지자 땅 위로 드러난 지역이다. 그때부터 지금까지 지대의 변화 과정을 '빨리 감기'한다면, 뜨거운 냄비에서 끓는 라면의 면발처럼 위아래로 오르락내리락하는 모습일 것이다. 아주 오래된 암석이 지표면에서 잘 발견되지 않는 것은 그 때문이다. 깊은 카리지니 협곡은 지각 변동으로 쩍, 하고 갈라졌고, 반복적인 우기와 건기를 겪는 동안 세찬 물살이 야금야금 조각해서 오늘날의 깊은 협곡이 만들어졌다. 지층 가장 아래쪽에는 10억 년이나 된 오래된 암석이 노출되어 있단다.

간만에 스펙터클했던 카리지니를 뒤로하고 우리는 마블 바로 향했다.

서호주는 그야말로 노-폰, 노-인터넷 지역이다. 최근에야 달라졌다고는 하지만 당시에는 전자기기 사용 자체가 어려웠다. 덕분에 SNS 금단 증세가 며칠 만에 사라졌다.

오지일수록 전기는 필수다. 특히 서호주를 탐험하는 우리는 카메라 배터리와 노트북을 시시때때로 충전했다. 기록하기 위해서였다. 미리 가져온 차량용 인버터를 네 명이 번갈아가며 사용했다. 로드하우스에 충전할 수 있는 콘센트가 있기는 하나, 여간 불편한 게 아니었다.

일행이 모두 동의한 현상이 있다. 날이 갈수록 시간이 확실히 느리게 간다는 것이었다. 합리적인 이유를 유추할 수는 있다. 매시간, 매일 새로운 장소와 광경, 사건을 겪기 때문에 쳇바퀴 도는 것 같은 한국에서의 삶과 다르기 때문일 것이다. 인터넷이나 모임, 일 등으로 인해 방해받지 않는다는 점도 시간이 느리게 가는 이유일 것이다.

엄청나다!
몇 분 동안 지나간 거야?

퍼스를 떠난 후 우리는 장장 3,000킬로미터를 달렸다. 서울-부산을 네 번 왕복하는 거리다. 그런데 오스트레일리아 지도를 펼쳐놓고 지나온 길을 선으로 연결하니 이 정도는 대륙의 극히 일부분일 뿐이었다. 소름이 돋았다. 얼마나 넓은 거야. 지나온 지형은 한결같았다. 붉은 땅, 산이라고 하기엔 약간 부족한 둔덕들, 키 작고 거친 식물들……. 이런 것들이 끝없이 반복됐다. 언젠가부터 풍경은 보이지 않고 상념만 늘어가다가 머릿속이 편해지는 경지에 도달했다. 이것이 구도자가 느끼는 감정일까.

그래도 마블 바로 향하는 길은 시간이 갈수록 다채로워졌다. 작은 산들이 봉긋하게 솟아 있었고, 낮은 산의 등줄기를 따라 도로는 굽이굽이 곡선을 그렸다. 놀라운 광경이 펼쳐지는 지점에 닿을 때마다 우리는 차를 멈췄다.

김은 항상 먼저 차에서 내려 눈앞의 풍경을 사진에 담았다. “이야~ 이야~” 감탄사를 쏟아내면서. 서호주 탐험 내내 시종일관 그랬다. 이동 중에는 잠들었다가 차가 멈추면 깡충깡충 뛰어나가기.

서호주에 온 후로 언젠가부터 소리가 잘 들렸다. 귀가 뚫린 건가. 오지라 그런지 청각이 더 예민해지는 것 같다. 사람들 소리, 자동차 소리, 생활 소음…… 그런 것들이 이곳에는 없었다. 심지어 바람조차. 사물에 부딪쳐야 바람 소리가 날 텐데, 서호주에는 사람도, 건물도, 나무도 거의 없는 데다 바람도 잘 불지 않았다. 덕분에 나의 귀는 작은 소리도 민감하게 감지했다. 발소리도 분명하게 들렸다. 과장하면, 신발 밑창에 닿는 흙 입자의 크기가 머릿속에 그려질 정도였다.

서호주는 좀처럼 특별한 일이 일어나지 않는 공간이다. 지금도 그렇지만, 아주 먼 과거에도 그랬다. 지질학자들의 연구에 따르면, 6,000만 년 동안 화산이 폭발하거나 큰 지진이 발생한 적이 없단다. 최근 100년 동안 서호주는 세상 어느 곳과 비교해도 인적이 드문 곳이다. 문명의 발톱을 대부분 피해간 서호주는 오래전 모습을 그대로 간직하고 있다. 운이 좋다면 몇억 년 전에 생성된 암석을 발견할 수도 있다.

마블 바로 가는 길은 신비로웠지만, 종일 달리다 보니 감흥이 사라졌다. 살면서 이렇게 장시간 운전해본 적이 없었다.

자동차는 끝없이 달렸다.
우리는 오로지 달리기 위해 서호주에 온 것 같았다.

모든 장소는 직접 와봐야 알 수 있다고 하지만, 서호주는 특히 그렇다. 내가 인식했던 세상의 모습과 격차가 너무 컸다. 분명 이곳도 지구라는 행성에 있는 지역이지만 마치 외계에 온 듯 달라도 너무 달랐다. 그런데 묘하게도 시간이 흐를수록 점점 익숙해지는 것 같기도.

따뜻한 물에 샤워하고 싶었다.
포근한 이불이 미치도록 생각났다.

평범하고 소박한 일상이 그리웠다.

8

폭우가 선사한 우연한 만남

마블 바에서

우주는 생명을 잉태하지 않았고, 인간을 포함한 생명계도 잉태하지 않았다. 거대한 우주의 무관심 아래 인간은 홀로 있다. 이 우주에서 인간은 우연히 나타난 것이다.

·자크 모노(Jacques Monod, 1910~1976)

마블 바에 도착했다. 역대급으로 기진맥진했다. 길이 좁고 구불구불한 데다가 노면 상태도 좋지 않았다. 간간이 마주오는 차량은 죄다 덩치가 산만 한 트럭이라 잠깐 졸았다간 곧장 황천길로 갈 것이 분명했기에 '정신줄'을 꽉 잡고 있어야 했다. 오늘은 무조건 마블 바에 도착한다는 의지로 밀어붙인 여정이었지만, 긴장 상태로 오래 운전한 탓에 도착할 즈음에는 몸 상태가 말이 아니었다.

사실 체력이 방전된 것은 이날의 강행군 때문만은 아니었다. 퍼스에서 출발한 이후 우리의 체력은 야금야금 갈렸고, 좀처럼 회복되지 않았다.

우리는 부쩍 수척해졌다. 피부는 윤기가 사라져 푸석했다. 마른오징어가 된 기분이었다.

낮에는 작열하는 태양 때문에 더웠지만, 해가 넘어가면 급속히 추워졌다. 서호주의 북쪽으로 계속 올라가자 추위의 강도는 더 세졌다. 내륙 깊숙이 들어간 데다가, 서호주의 계절은 겨울로 치닫는 중이라 일주일 사이에 기온이 더 내려갔던 것이다.

탐험 전 송 대장이 했던 말이 떠올랐다. 무슨 텐트가 필요하냐며 밖에서 별 보면서 자면 된다는. 이 얼마나 비현실적인 말이었나. 아니다. 이제 송 대장에 대한 원망은 그만하는 게 좋겠다. 대장이 일부러 우릴 골탕 먹이려고 한 것도 아니고, 그도 몰랐을 뿐이다. 어쩌면 나는 이곳에서의 스트레스를 송 대장에게 풀고 있는지도 모르겠다.

마블 바는 작은 마을이었다. 서부영화에 나오는 마을을 떠올리면 적절하다. 마을 한가운데 작은 술집이 있는 것도 그렇다. 마을 중심을 가로지르는 도로를 따라 큰 트럭이 즐비했고, 캠핑장에도 주차된 차량이 꽤 됐다. 마블 바에서 파티라도 열린 것일까? 그동안 사람 구경하기 힘들었는데 서호주에 있는 사람 모두 여기에 와 있는 것 같았다.

캠핑장에 주차한 후 텐트부터 쳤다. 강이 만들어주는 마법의 요리가 간절했다. 이번엔 아껴뒀던 양고기! 어떤 양념이나 특별한 조리법 없이 살짝 굽는 것으로 요리가 완성됐다.

한 점씩 입에 물고 씹으면서 우리는 말없이 서로를 바라보았다. 맛이 어땠냐고? 뭔가를 먹고 눈물이 나는 것은 영화나 드라마에서나 나오는 장면인 줄만 알았다.

고기로 에너지를 급속 충전하니 몸의 감각이 돌아오는 듯했다. 잠자리에 들기 전, 며칠간 유지했던 습관을 어기기로 결심했다. 씻기로 한 거다. 부쩍 수척해진 나의 몸에 뜨거운 물이 흘러내렸다. 샤워가 이런 거였구나. 좋은 거였어.

여기 있는 동안
씻지 말아봐요.
피부가 진짜 좋아
진다니까! 믿어봐.

기억하는가? 탐험 초반에 씻지 말아보라는, 반짝이는 피부를 갖게 될 거라는 송 대장의 제안. 실제로 난 9일 동안 씻지 않고 버텼다. 예상 외로 안 씻어도 견딜 만하다는 것을 알게 됐다. 이렇다면 탐험이 끝날 때까지 안 씻는 걸 해낼 수도 있을 것 같았다.

그런데 이날 결국 안 씻기 운동을 포기할 수밖에 없었던 것은 지독하게 가려운 머리 가죽 때문. 가려움은 참기 힘든 수준이 됐다. 잠들기 전에는 머리털을 뽑고 싶을 정도로 가려웠다.

이 개운함! 몸이 가벼워졌다! 두피도 더 이상 가렵지 않았다. 세상에, 진작 씻을걸!

서호주의 여느 캠핑장처럼 저녁 8시만 넘으면 정적이 흘렀다. 헛기침 소리도 들리지 않았다. 강에 던진 돌이 강바닥으로 빠르게 가라앉듯 이날은 눕자마자 잠의 웅덩이에 빠져들었다.

열한째 날
6월 25일

텐트를 때리는 빗소리에 잠이 깼다. 급기야 텐트로 들이닥치는 빗물에 몸을 일으킬 수밖에 없었다. 며칠 전부터 구름이 짙어졌지만 왠지 서호주는 비가 내리지 않는 동네일 거라고 생각했나 보다.

해가 뜨니 빗줄기는 가늘어졌지만, 캠핑장은 폭격을 당한 듯 진창으로 변해 있었다.

커피가 왜 이렇게 간절한지 모르겠다. 아침에는 특히 그렇다. 전쟁 영화를 보면 병사들이 커피를 갈구하는 장면이 나오곤 한다. 뭔가 곤궁한 상황에서는 좀비가 피를 찾듯이 인간은 커피를 간절히 찾게 되는 것일까? 신기하게도 여기에서 맛본 커피 맛은 그전보다 10배는 진하게 느껴졌다.

커피가 부족하다고 느끼던 때, 전날 봤던 캠핑장 앞의 로드하우스가 떠올랐다. 혹시나 하는 마음에 박 작가와 로드하우스에 가봤는데…… 심 봤다! 무료 분말 커피가 있었다. 간만에 흡족할 만큼 카페인을 섭취하고 돌아왔다.

텐트를 정리하고 마을로 나갔더니 전날보다 트럭 수가 더 늘어났다. 곧 이유를 알게 됐는데 밤사이 내린 폭우로 마을이 외부와 고립됐고, 마을로 들어온 차량들이 밖으로 빠져나갈 수 없었기 때문이라고. 마치 어항으로 들어온 물고기처럼 우리는…… 고립? 불길하다.

남쪽에서 마을로 들어오는 도로와 북쪽으로 나가는 도로가 물에 잠겼다. 이 도로들은 마을을 지나는 유일한 도로였다.

도저히 믿어지지 않았다. 전날 지나온 마블 바 외곽으로 가봤더니 거대한 강이 길을 막고 있었다. 진짜 강이었다. 그전까지 서호주에서 강을 본 적 없었는데 어떻게 이런 일이 발생한 걸까?

우리나라가 수준 높은 관개시설을 갖추고 있다는 사실을 우린 종종 잊는다. 물길이 있어야 하는 곳과 없어야 하는 곳이 인공적으로 잘 구분되어 있어서 웬만한 폭우에도 별일 없이 일상생활을 할 수 있다. 그러나 서호주에서는 짧은 시간 동안 비라도 쏟아지면 조금이라도 지대가 낮은 곳으로 깔대기처럼 물이 모여들어 없던 강이 돌연 형성된다. 순식간에 말이다.

서호주에는 도로가 별로 없고 도로망도 단순하다. 그래서 도로 한두 개만 끊겨도 돌아갈 길이 아예 사라지는 경우가 허다하다. 마블 바를 관통하는 도로는 앞뒤로 막혔고 우회할 방법도 존재하지 않았다. 마블 바는 서호주 북쪽에서 교통의 요지다. 마침 주말을 맞이해 꽤 많은 광부들이 마블 바에서 휴식을 취하던 와중에 폭우가 내렸고, 다들 쥐덫에 걸린 쥐마냥 갇히고 말았다. 이곳에 묵고 있던 트럭 운전사, 캠핑족 들도 마찬가지였다.

마을로 돌아오는 길, 이 난리통에도 판초를 입고 산책하고 있는 커플을 만났다. 이 판초 커플은 갑작스레 생긴 여유를 즐기고 있었다.

마을 어귀로 접어드는데, 놀랍게도 눈에 익숙한 차량이 보였다. 카블라 포인트에서 우리를 두고 떠난 NASA 과학자들의 차량 아닌가! 이들도 마블 바의 덫에 걸린 것이다.

그들도 우리를 알아봤다.
한국의 탐험가들~
하필 이 시간에 여기 있어서
이렇게 고립됐군요! 하하!
여행은 즐거웠습니까?
사건 사고도 있었지만
좋았어요, 아직까지는.
MARBLE BAR

자칫하면 이곳에 사흘 이상
갇히게 될지도 몰라요. 앞으로
비가 안 온다는 가정하에요.
비가 더 오면 일주일을
넘길 수도 있고요.

일주일? 청천벽력 같은 소리였다. 절대 안 된다! 마블 바를 출발해 퍼스에 도달하려면 1,500킬로미터를 달려가야 한다. 휴식 없이 달린다고 해도 이틀은 잡아야 했다. 집으로 돌아가려면 늦어도 모레는 출발해야 했다.

맥주 먹을래요?
왜 사양하겠어요.

머릿속이 어지러워 유흥을 즐길 기분이 아니었지만 말콤 박사와 좀 더 어울리기로 했다. 그는 호주의 한 대학교에서 고생물학을 연구하는 교수였다. 송 대장이 말콤은 고생물학의 세계적인 권위자라고 말한 적이 있었는데, 한국으로 돌아와 몇 년 후 우연히 영국의 BBC 자연 다큐멘터리를 보다가 말콤을 발견했다. '와~ 진짜 유명인이었네.'

말콤 박사는 초기 지구의 생물체를 추적, 연구하고 있다. 서호주는 30억 년 전 형성된 지층이 고스란히 노출된 곳이 많고, 인구밀도가 희소한 탓에 대부분의 지역이 원시 상태로 보존돼 있다. 고생물학자에게 이보다 좋은 환경은 없을 것이다.

말콤은 샤크만에서 북쪽으로 800킬로미터 떨어진 필바라에서 고대에 생성된 스트로마톨라이트를 찾고 있었다. 수십억 년 전에도 오늘날과 같은 구조의 스트로마톨라이트가 만들어졌을 가능성이 크다. 필바라에서는 산화철이 층층이 쌓인 해양 지각이 종종 발견된다. 그는 그 지층의 오묘한 무늬가 초기 지구에서 생성된 스트로마톨라이트의 구조라고 주장한다.

물론 논란은 많다. 무늬가 비슷하다고 해서 그것이 오늘날의 스트로마톨라이트와 같을까? 말콤은 검사를 위해 지층의 시료를 채취해 자신의 연구실로 가져가 정밀한 측정기로 시료의 물질을 분석한다. 물질에서 시료가 생물의 흔적임을 믿을 만한 과학적 결과가 도출되면, 그 흔적이 얼마나 오래전의 것인지 연구한다.

말콤 박사는 길게는 6개월 이상 서호주에서 현장 탐사를 한다고 했다. 도대체 무엇이 그를 움직이게 하는 것일까? 서호주라는 미지의 세계? 과학에 대한 열정?

그거 알아요? 나도 여기
지긋지긋해. 집에 가고 싶고요,
와이프, 애들 보고 싶어.

그래도 돈 벌어야죠!
내 분야는 많이 돌아다닐수록
돈이 벌리니까요.
다행히 난 야생이
체질에 좀 맞는 것 같아요.

말콤은 유쾌한 사람이었다. 마블바의 불어난 강물에서 아이처럼 수영을 즐길 정도였다. 엄청나게 낙천적인 성격을 가졌다.

말콤, 지금 수영하나?

그래도 이곳 생활이 지긋지긋하다는 말콤의 말은 거짓말이 아닐 거다. 열흘 가까이 서호주를 경험한 나는 이곳이 도시와 비교해서 결코 즐거울 수 없다는 것을 안다. 집을 떠나 이런 곳에서 수 개월을 지낸다? 도저히 못할 일이다. 어쩌면 서호주는 말콤 같은 사람만이 생존 가능한 곳인지도 모르겠다.

말콤의 말처럼 과학자는 돈이 필요하다. 연구비를 많이 따와야 인상적인 연구 성과를 거둘 수 있다. 부럽게도 호주의 지질학, 고생물학 분야에서는 학계와 산업계가 좋은 관계를 형성하고 있다. 자본주의 논리에 의해 광업 회사는 서호주의 풍부한 자원을 가만히 두고 있을 수 없다. 하지만 자연을 훼손시킨다는 사실에서 떳떳할 수도 없는 형편이다. 그래서 회사들은 과학에 기여하고 브랜드 이미지도 개선시킬 겸 말콤 박사 같은 과학자들에게 우선적으로 현장 조사라는 특권을 주고 연구비도 지원하고 있다.

맨몸으로 절대 접근할 수 없는 야생에서 누구도 건드리지 않은 지층을 안전하게 조사할 수 있다니! 말콤 같은 과학자들에게 보물 같은 기회다.

과학과 산업이 서로 시너지를 만드는 좋은 사례가 분명하다. 산업계는 과학계에 자본과 기회를 제공하고, 과학계는 좋은 연구 결과를 내고 과학기술을 발전시킨다. 발전된 과학기술은 산업 진보의 토대가 되는 선순환을 만드는 등 여러모로 의미가 크고 실용적이기도 한 좋은 본보기다. 말콤 박사의 "현장에 갈수록 돈을 많이 번다"라는 말은 바로 이런 맥락에서 나온 것이다.

광산 회사들은 '우리는 과학을 지원합니다'라는 카피를 동원해서 자사의 연구 지원 활동을 대대적으로 광고한다. 지질학, 생물학, 천문학 등을 연구하는 과학자들에게 서호주는 축복받은 땅이 분명하다.

오전에 길에서 본 판초 커플을 캠핑장에서 다시 만나 같이 식사를 했다. 남자는 멜버른에서, 여자는 퍼스에서 지내는 장거리 연애 커플이었다.

둘은 몇 년째 사귀고 있는데 일 년에 두 번 만난다고 했다. 두 번 중 한 번은 항상 호주의 야생에서 보낸다고. 일 년에 두 번 만나는 관계는 무엇일까. 친구 관계가 아니라 연인이면서?

금방 친해진 이 친구들과 페이스북 친구를 맺었는데, 한국에 돌아온 뒤에 보니 이 커플, 각자 집으로 돌아간 지 얼마 되지 않아 헤어진 것 같았다.

남자의 페이스북에 올라온 사진에는 새로운 여자친구가 있었다.

여자는 아프리카, 유럽, 캐나다, 남미의 자연으로 탐험을 떠났다는 소식이 올라왔다. 영화 〈툼 레이더〉에서 아버지를 찾아 전설의 섬으로 떠난 전사 라라처럼.

그날 저녁, 탐험대는 머리를 맞대고 앞으로의 일정에 대해 진지하게 논의했다. 북쪽으로 더 전진할지, 아니면 모험은 여기까지 하고 퍼스로 돌아갈지 결정해야 했다.

탐험 초반까지만 해도 최소한 서호주의 북쪽 바다와 만나는 포트 헤들랜드(Port Hedland)까지는 갈 수 있을 것 같았다. 하지만 언제 마블 바를 탈출할 수 있을지 모르는 상황에선 하루 빨리 남쪽으로 방향을 바꾸는 게 현실적이다.

서호주 탐험은 여기까지다.
아쉽진 않아.

가능한 한 효율적이고 신속하게 퍼스로 돌아가야 했다. 왔던 길을 그대로 내려가는 것보다 마블 바에서 퍼스까지 가는 가장 짧은 거리를 택하는 것에 의견이 일치했다. 돌아가는 짧은 길엔 아무것도 없었다. 낭만? 탐험? 관광? 다 필요 없다. 최대한 안전하게, 제시간에 돌아가는 일에만 신경 쓰자. 퍼스로 돌아간다. 그리고 한국으로 무사히 귀환한다. 그것이 우리의 목표였다.

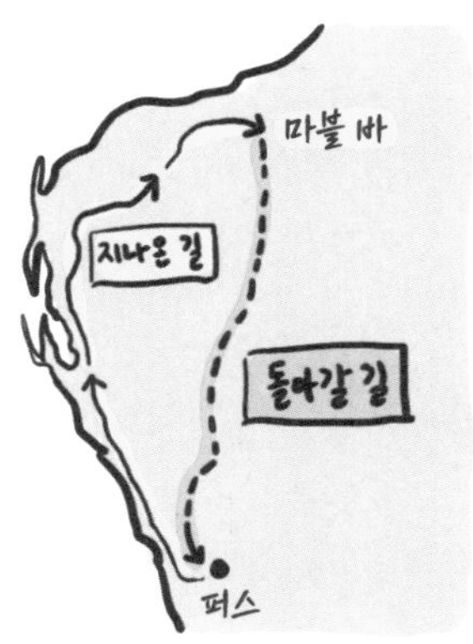

열두째 날

6월 26일

일어나서 하늘부터 봤다.
구름이 걷히자 그 사이로 파란 하늘이 선명하다.
모두 약속이라도 한 듯 말없이 차에 올랐다.

제발~

희망은 처참히 짓밟혔다. 빌어먹을 강은 여전히 도로를 덮은 채 유유히 흐르고 있었다.

물이 좀 줄어든 거지? 맞지?

환장하겠네.

혹시나 하는 바람에 마을로 돌아가서 사람들에게 강을 건너간 차가 있느냐고 물어봤지만 지금 상태로는 불가능하다는 말뿐이다.

신기하게도 초조한 표정의 우리와 달리 사람들의 표정은 여유롭다.

하릴없이 마을을 돌아다니며 방황하는 수밖에. 걷다가 만나는 사람들에게 내일이면 길이 뚫릴 것 같냐는 말을 건넸지만 돌아오는 건 너털웃음과 모른다는 답변뿐. 이 상황을 이렇게 비유해보자. 내일 기말고사를 보는데 야간 자율학습을 하고 있다. 그런데 갑자기 정전됐다. 나는 공부를 안 해놔서 내일 치를 시험 걱정에 한숨만 나온다. 그런데 다른 학생들은 정전된 것에 마냥 신나서 노래를 부르며 집에 가는 상황.

저녁에는 마을에 있는 펍에 들렀다. 펍은 한국에서 흔하게 볼 수 있는 호프집으로, 이곳에서 맥주나 마시며 불안함을 잠시 날려버리기로 한 것이다. 하지만 오랜 역사가 느껴지는 펍 안에 들어서자마자 밀려오는 심상치 않은 분위기…….

이거 완전……
서부영화의 한 장면 아닌가.

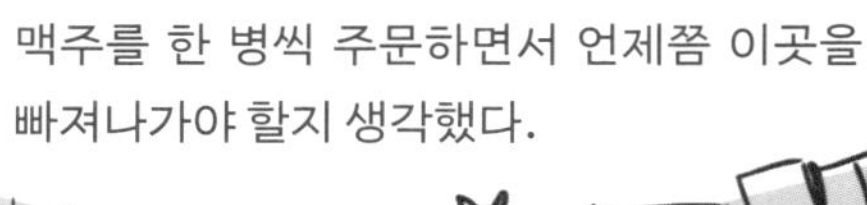

맥주를 한 병씩 주문하면서 언제쯤 이곳을
빠져나가야 할지 생각했다.

꼼짝없이 갇혔쥬?

네?
빌어먹을 덫에 걸린 쥐처럼……
우리 전부 다 조그마한 마을에……
우캬캬카카……콜록.
아, 네.

내일은 나갈 수 있을까요?
그건 아무도 모르지.
이렇게 많은 비는 우리도 오래간만에
본다우. 왜 하필 이럴 때 서호주에 오셨대.

조용히 맥주나 마시면서 쉬러 들어왔는데, 펍 안의 사람들이 너무 가까이 다가왔다. 계속 말 상대가 되어주다가는 빠져나가기 곤란해질 것 같았다.

우리가 펍을 빠져나갈 때, 술집 종업원이 뭔가를 공중에 던졌다. 나는 대체 그게 뭔지 궁금했다.

저곳에서 무슨 일이 벌어질지 속으로 상상해봤지만 글쎄, 말하지 않는 편이 좋겠다. 확실히 거친 이곳에서 자연스럽게 행동하기에 우리는 너무나 무른 이방인이었다.

캠핑장으로 돌아와 잘 준비를 했다. 술을 마시며 애써 잊어보려 했던 걱정들이 다시 떠올라 마음에 먹구름이 드리웠다. 내일은 꼭 떠나야 한다고 되뇌었다. 정말이지 내일은 이 빌어먹을 마블 바를 벗어날 수 있는 마지막 기회였다.

9

야생의 밤하늘과 별빛의 세계

또다시 마을 밖에서

KOREA ✈ AUSTR

하늘은 영원한 영광을 보여주며 바퀴를 돌리고 있지만
당신의 눈은 아직 땅 위에 있다.

·단테 알리기에리(Durante Alighieri, 1265~1321)

절망적이었다. 도로는 여전히 강에 가로막혀 있었다. 오늘은 무조건 마블 바를 떠나 퍼스로 향해야 했다. 퍼스까지는 3,000킬로미터. 아무리 빨리 달려도 이틀은 걸리는 거리! 사흘 후 퍼스 공항에서 우리나라로 가는 비행기를 타려면 무조건 오늘 떠나야 했다. 만일 오늘도 이곳에 발이 묶이고 내일에야 풀려난다면 퍼스로 광란의 질주를 해야 할 것이다.

캠핑장으로 돌아온 우리는 말없이 강 작가가 뚝딱 만든, 뭔지 모를 음식을 먹었다. 그저께 먹고 조금 남은 소고기와 스파게티 면을 섞은 것이었는데, 예상대로 맛있었다.

애써 태연히 식사를 하는 척했지만, 다들 알고 있었다. 이 거지 같은 상황을……. 우리의 불안감은 절정으로 치닫고 있었다.

여기까지 여차여차 잘 왔다고 생각했다. 걱정하던 조난 사고를 당하지도 않았고, 야생에서의 생활은 점점 익숙해졌다. 큰 성과는 얻지 못할지라도 탐험이 그럭저럭 무사히 마무리될 것임을 의심하진 않았다. 그런데 갑작스러운 폭우를 만나 옴짝달싹할 수 없게 된 것이다. 우리가 탐험하는 시기가 서호주의 우기에 해당한다는 것을 미리 알았더라면 어땠을까? 탐험 전, 서호주에 대해 충분히 공부했다면 알 수 있는 정보였다. 물론 그랬다고 해서 지금처럼 불어난 강물에 고립되는 일을 피할 수는 없었겠지만 말이다. 그동안 우리 마음 깊숙이 있던 두려움은 미래에 대한 불확실성에서 오는 것이었다.

각자 애써 외면했던 답답함이 입 밖으로 밀려 나오기 시작했다. 일단 마블 바를 탈출하는 것이 시급한 문제였지만, 탈출에 성공하더라도 퍼스까지 이어지는 기나긴 여정을 무사히 마칠 수 있을지는 미지수였다.

퍼스에 도착한다고 해도 거기서 끝이 아니었다. 렌터카 업체에 차를 반납할 때 추가 비용이 얼마나 들지 예상할 수 없었다. 넉넉하다고 생각했던 우리의 예산은 실은 터무니없이 부족했으며, 탐험 중 발생할 수 있는 돌발 변수에 대한 대비책도 전혀 없었다.

얼마가 나올지
모르니까
돈을 아껴야지.

당시 물가로 각자 250만 원, 다 합해 1,000만 원 정도 되는 돈이었다. 그 정도면 서호주 탐험에 적당한 비용, 아니 남을 만한 돈이라고 생각했지만 우리는 서호주의 물가를 전혀 고려하지 않은 채 예산 계획을 짰던 것이다. 이 얼마나 한심한가.

강 작가는 서호주에서 가능한 한 많은 사진을 찍고 싶어 했다. 자연의 소리를 녹음하기 위해 비싼 장비를 대여하기도 했다. 그런데 작업 분량이 터무니없이 적었다.

강 작가가 작업할 시간이 없기는 했다. 사고를 수습하느라 정신이 없었고, 이동하느라 한곳에 머무를 시간이 없었다. 실제로 이곳에서 벌어지는 탐험 일정과 출발하기 전 그녀가 머릿속에 그린 서호주에서의 활동은 차이가 컸으니 속상한 마음도 이해가 갔다. 이틀째 머무는 이곳조차 자연의 소리를 녹음할 장소로는 적합하지 않았으니까.

작은 길이 있긴 할 겁니다. 하지만 물을 대는 길이에요. 어디로 연결되는 도로가 아니라…….
가보죠.
갔다가 길이라도 잃으면 어떡하려고! 더 이상의 사고는 안 돼!

우리는 짐을 싸서 마을 바깥으로, 좀 더 멀리 가보기로 했다. 강 작가의 소원을 들어주기로 마음먹고, 오늘 밤은 캠핑장이 아닌 진짜 야생에서 비박할 예정이었다.

강 작가님, 이 정도면
괜찮죠? 조용하잖아.

너무 조용해.
녹음할 게 없어도
문제라고.

하하하!

거대한 똥처럼 보이는 이것은 개미집.

오늘 밤 개미한테 잡아먹히는 건 아니겠죠?

근데 개미가 안 보여. 빈집인가 봐요.

딩고만 없으면 돼요. 예전에 조난당했을 때 밤에 딩고 우는 소리가 얼마나 무서웠는지……. 악몽이었어.

아우~

탐험을 마치고 나중에 서호주에 대해서 뒤늦은 공부를 했는데, 딩고가 문제가 아니었다. 서호주 사막은 작은 악마들이 득실거리는 곳이었다. 세계에서 가장 독성이 강한 뱀 10종과 맹독으로 악명 높은 깔때기그물거미, 진드기가 서식한다. 이것이 캠핑장에서만 야영을 해야 하는 이유다. 그나마 캠핑장이 훨씬 안전하니까. 서호주에 있는 동안 우리를 위협하는 동물을 만나지 못해 추위 말고는 별로 무서울 게 없다고 생각했는데, 큰 오산이었다. 미리 알았더라면 여행 내내 우리의 불안함은 더 커졌겠지. 오히려 몰랐으니 다행이라고 해야 할까?

밤이 되면 나는 본능처럼 장작을 찾았다. 지천에 널려 있는 유칼립투스 나뭇가지를 주웠다. 유칼립투스는 기름기가 있어 불이 제대로 붙기만 하면 오랫동안 활활 잘 탄다. 장작을 준비하고 불을 피우는 것은 완전히 내 일이었다.

나는 불 피우는 일이 좋았다. 매캐한 연기 냄새와 타닥타닥 나무 타는 소리. 불은 마음을 포근하게 했고, 깊이 생각하게 도와주었으며, 상상의 나래를 펴게 했다. 내가 과학자라면 대단한 이론을 만들 것만 같았고, 작가라면 명작을 써낼 것만 같았다. 불만 곁에 있다면.

인류의 지적 능력은 불을 보는 것만으로 비약적으로 발전하지 않았을까? 학계에서는 인류가 불을 처음 사용한 시기를 150만 년 전으로 추정한다. 호모사피엔스보다 먼저 출현한 호모에렉투스의 유골 주변에서 발견된 화로의 흔적 때문이다. 불을 무서워하지 않게 되면서 그들은 불의 유용함이 엄청나다는 사실을 깨달았다. 불 때문에 인류는 더 멀리, 더 깊이 지구를 여행하고, 불안함을 편안함과 용기로 바꿀 수 있었다. 인류의 역사는 불을 다루는 기술과 함께 발전했다.

이 별들은 뭐지! 서호주로 들어온 지 열흘이 넘었지만 한 번도 밤하늘을 유심히 본 적 없었다. 왜냐면 탐험 초반 이틀 정도는 하늘이 맑았지만, 이후로는 구름이 많이 끼었던 데다 이틀 전에는 폭우까지 내렸기 때문이다. 하늘을 가리는 것들이 사라지자 진정한 서호주의 밤하늘이 펼쳐졌다.

강 작가도 녹음을 멈췄다. 우리는 한동안 목이 아픈 줄도 모르고 고개를 들어 하늘을 바라보았다. 별이 쏟아진다는 말은 바로 서호주의 하늘을 보고 하는 말이었다. 달이 지평선 아래로 사라지는 순간, 다시 한번 밤하늘은 그 모습을 바꾸었다. 은하수였다. 잘 보려고 할 필요도 없을 정도로 선명한 은하수가 밤하늘을 가로질렀다. 우리는 모닥불을 껐다.

삼각대에 카메라를 거치했다. 조리개를 돌리며 어떻게든 이 은하수를 사진에 담아보려 노력했지만 쉽지 않았다. 눈앞에 보이는 아름다움을 담기에는 카메라도, 카메라를 다루는 우리의 실력도 한참 모자랐다. 서투른 솜씨로 시간을 낭비하느니 1초라도 더 눈에 별을 담아내는 편이 나을 것 같았다.

은하수를 바라보고 있자니, 그동안 서호주에서 겪은 어려움과 후회가 사라졌다. 이날의 밤하늘은 어쩌면 서호주가 우리에게 주는 선물인지도 모른다.

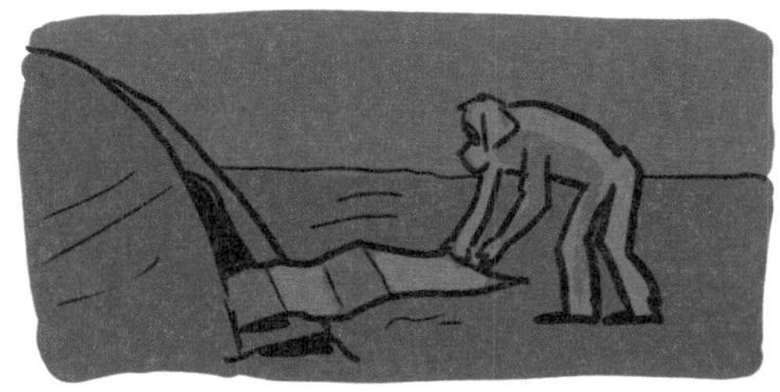

북반구보다 남반구가 은하수를 보기에 더 적합하다. 북반구에서는 머리 꼭대기에 북두칠성이 있다면 남반구에서는 남십자성이 있다. 남십자성은 은하수 근처에 있기 때문에 일반적으로 남반구에서 더 많은 별과 은하수를 선명하게 볼 수 있는 것이다. 한국에서 나는 은하수라는 걸 제대로 본 적이 없다. 희끄무레한 걸 가리키면서 "저거 은하수잖아"라고 했던 적은 있지만. 여하튼 서호주에서 본 것은 내 생애 유일하고 완벽한 은하수다.

은하수의 순우리말은 '미리내'다. 용이 승천해서 사는 개울이라는 뜻이다. 서양에서는 은하수를 그리스신화에 등장하는 신 헤라의 젖이라고 보고 '밀키웨이(milky way)'라고 부른다.

은하수가 수많은 별의 집단임을 밝힌 이는 이탈리아의 물리학자이자 천문학자인 갈릴레오 갈릴레이(Galileo Galilei)다.

갈릴레이는 손재주도 뛰어나서 당시의 고성능 망원경보다 무려 10배나 배율이 높은 망원경을 손수 제작했다.

저건 그냥 별이 많이 모여 있는 거잖아!

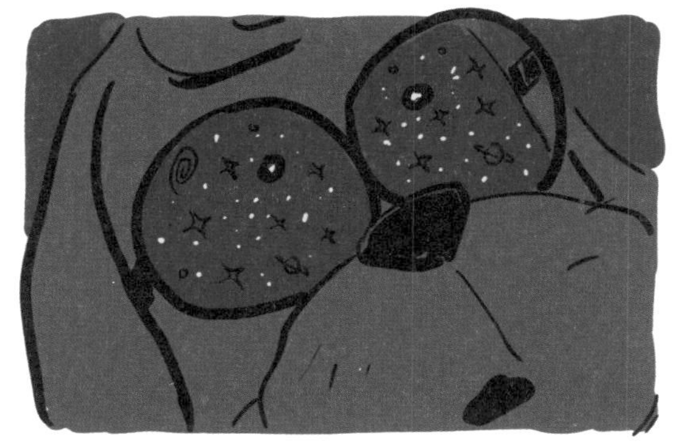

어쨌거나 그 광경을 어떻게 표현해야 할지 모르겠다. 처음 아이맥스 영화를 보고 감명받았던 그때 그 느낌의 100배라고 하면 될까? 가만히 누워서 시선을 하늘로 향하면 보이는 건 오로지 별들뿐이었다.

우리 눈의 광각은 꽤 큰 편이지만 서호주의 밤하늘을 두 눈에 다 담을 순 없었다. 그야말로 우주 공간에 떠 있는 느낌. 위아래의 감각도 사라졌다. 나의 눈을 기준으로 별들이 제각각 거리를 두고 떨어져 있었지만, 전혀 공간감이 느껴지지 않았다. 영화 <스타워즈> 속 우주선이 별들을 스치면서 날아가는 장면에서 공간은 3차원으로 보이지만, 실제로 이렇게 수많은 별을 보고 있으면 공간감은커녕 높은 천장에 별들이 붙어 있는 느낌을 받는다.

오래전에 사람들은 별들이 지구로부터 얼마나 떨어져 있는지, 각각의 별들은 얼마만큼의 거리에 있는지 어떻게 알았을까?

천문학자들은 이 문제에 수천 년 동안 매달렸다. 우주의 크기를 알아내려는 문제! 밤하늘의 별들은 얼핏 다 비슷해 보이지만 유심히 오랫동안 바라보니 무수한 별들과 구분되는 몇 개의 별들이 눈에 띄었다. 이 소수의 별들은 일사불란하게 동쪽에서 떠서 서쪽으로 지는 별들과 달리 자기만의 길을 가는 것 같았다. 천문학자들은 이 별들을 다른 별들과 구분해서 '나그네'라는 뜻의 '행성(planet)'이라고 이름 지었다.

크기로 보나 밝기로 보나 밤하늘의 주인공은 '달'이다. 지구에서 보기에 달의 크기는 태양의 크기와 거의 일치한다. 개기일식 현상을 관찰하면 정확하게 달이 태양에 포개져 달이 태양 앞을 가린다. 이 사실로부터 태양이 달보다 멀리 있다는 것을 유추할 수 있었다. 단순히 여기서 끝나지 않고, 모든 사실을 종합해서 지구와 달까지의 거리, 지구와 태양까지의 거리를 구체적인 숫자로 도출해냈다. 즉, 실제 거리를 계산해낼 수 있었던 것이다.

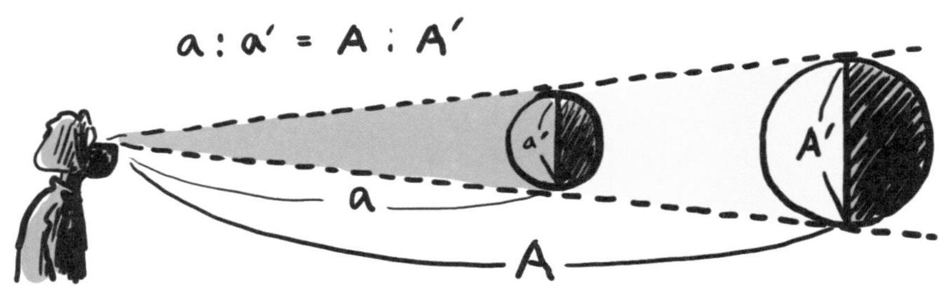

인간 스스로도 자부심을 가질 만한 어마어마한 일을 해낸 것이다. 어떻게 이게 가능할까? 요약하면 기하학의 힘이다.

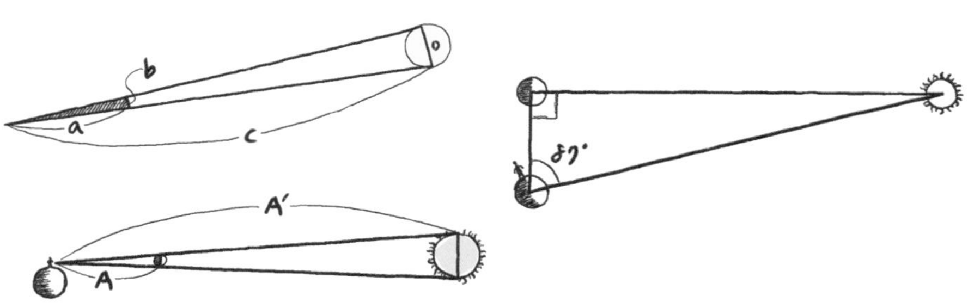

천문학자들은 지구와 태양까지의 거리가 지구와 달까지의 거리보다 400배나 멀다는 것. 태양의 지름은 지구보다 100배 크다는 것을 계산해냈다. 이 모든 것을 간단한 각도기와 자, 기하학을 활용하는 두뇌로 밝혀낸 것이다.

오늘날에는 훨씬 정밀한 관측기와 방법론이 적용되어서 태양계의 모든 행성들까지의 거리를 계산해냈다. 태양까지의 거리는 1억 5,000만 킬로미터, 태양계의 외곽에 있는 명왕성까지의 거리는 60억 킬로미터다.

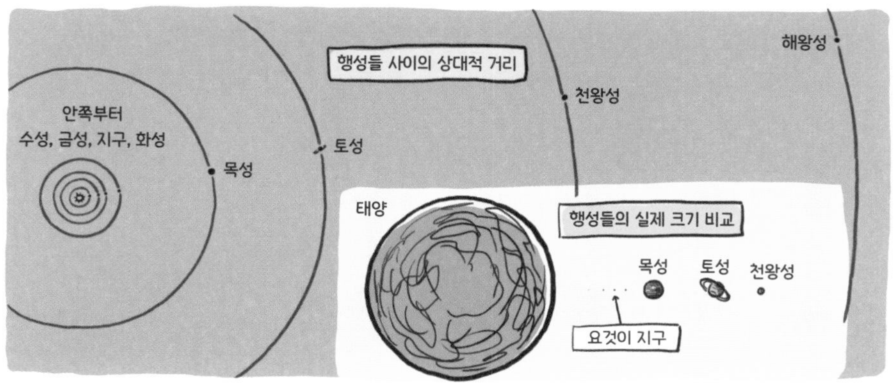

이 정도면 사실 어느 정도 거리인지 전혀 감이 오지 않을 것이다. 가로세로 10미터 정도 되는 거대한 흰 종이가 있고, 그 위에 태양을 중심으로 거리와 크기의 비율대로 행성들을 그려넣으면 행성들은 멀찍이 떨어져 찾기 힘들 정도로 작은 점으로 표시될 것이다.

그 정도로 태양계는 거대하다. 우리가 보기 좋게 예쁘게 그려놓은 태양계의 모습과 달리 실제 태양계는 거의 텅 비어 있다고 봐도 무방하다.

이제 태양계의 크기는 알았는데, 태양계 밖에 있는 별들까지의 거리는? 이 문제는 좀 차원이 다르게 어렵다. 하지만 우리 인간이 어떤 존재인가! 결국 문제를 풀고야 만다. 풀이 과정을 설명하려면 너무나 긴 시간이 필요해서 생략하지만, 원래 잘했던 기하학을 활용했고, 빛의 속성을 이용해서 해냈다고만 말하겠다.

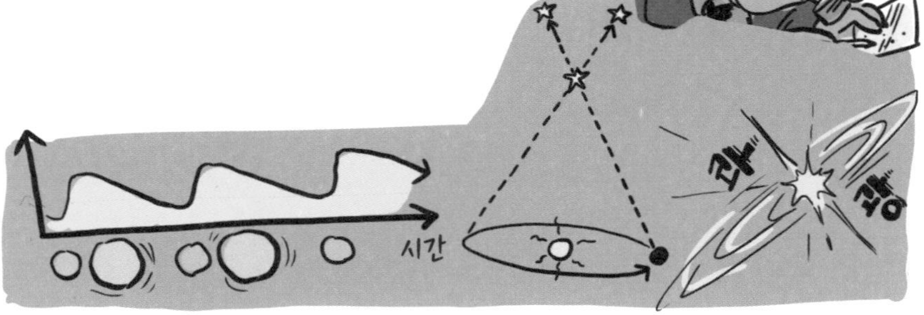

태양계 밖에 있는 별까지는 너무나 무지막지하게 멀어서, 킬로미터(Km)가 아닌 광년(ly, Light-year의 약자로 1년 동안 빛이 나아가는 거리를 뜻함)을 써야 한다. 태양계 밖에서 가장 가까운 항성은 프록시마 켄타우리, 그 거리가 4.12광년, 40조 킬로미터다. 아까 명왕성까지의 거리가 60억 킬로미터라고 했으니, 얼마나 먼 것인지 대략 느낌은 받을 수 있을 것이다. 그냥 뭐 오지게 멀다. 그런데 우주의 크기를 논할 때, 여기까지는 작은 시작에 불과하다.

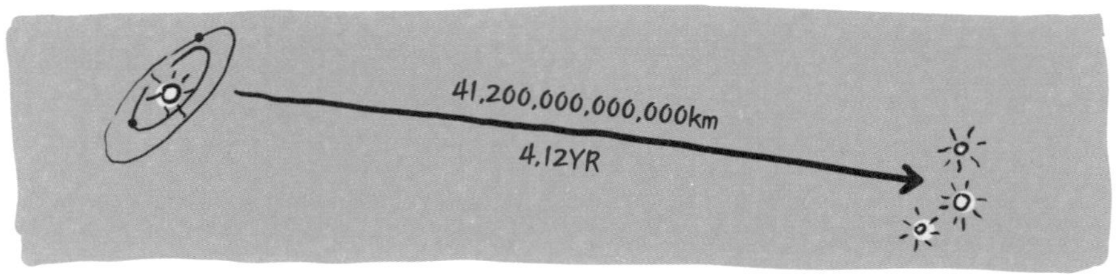

태양과 프록시마 켄타우리는 우리은하(galaxy, 은하수)라는 많은 별들이 모인 집단의 귀퉁이에 있는 조그마한 점에 불과하다. 서호주의 밤하늘에 보이는 은하수, 밀키웨이라고 표현했던 것의 정체는 태양을 포함한 무수한 별들의 집단인 것이다.

우리은하는 폭 10만 광년, 두께 1만 광년인 납작한 나선 원반 모양이다. 우리은하는 4,000억 개 이상의 항성을 포함하고 있다.

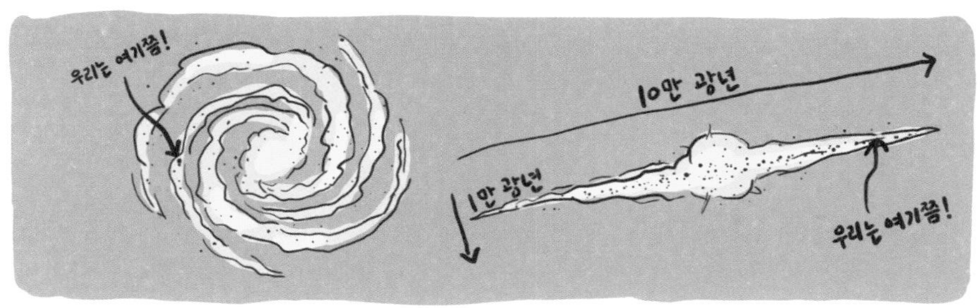

10만 광년이라……. 인간의 직관을 넘어도 한참 넘는 까마득한 크기다. 그래도 더 가볼까? 이쯤이면 예상할 텐데, 우리은하는 수많은 은하들 중 하나에 불과하다. 우리은하에서 가장 가까운 은하는 안드로메다 은하이고, 그 거리는 250만 광년에 이른다. 우리은하나 안드로메다 은하는 '관측 가능한 우주(observable universe)'에 있는 수천억 개가 넘는 은하 중 하나로, 특별할 것 없는 은하다.

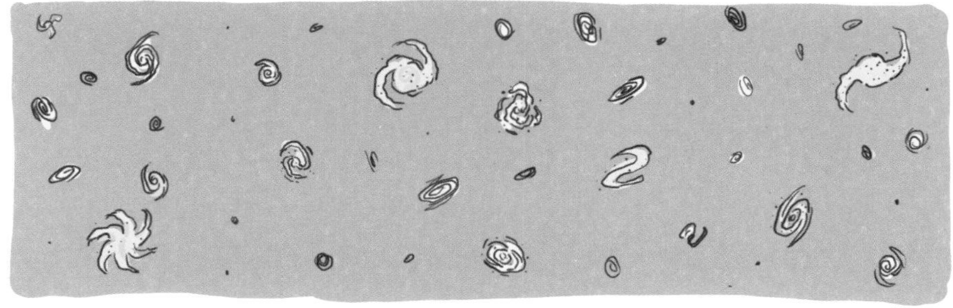

‘관측 가능한 우주’란 무엇일까? 이는 ‘보이는 우주’라고도 표현하는데, 언뜻 이해하기로는 눈이나 관측 장비로 탐지 가능하다는 뜻으로 생각할 수 있지만 그런 게 아니다. ‘관측 가능한 우주’는 빛의 속도에는 한계가 있기 때문에 별의 빛이 우리에게 도달하는 물리적 한계와 관련 있다.

18~19세기 독일의 천문학자 하인리히 올베르스(Heinrich Olbers)는 불쑥 이런 질문을 던졌다.

이건 역설이다. 그렇지 않은가? 서호주의 밤하늘처럼 별들이 아무리 많다 한들, 밤하늘을 빈틈없이 채우지는 못한다. 놀랍게도 19세기의 유명한 추리소설 작가 에드거 포(Edgar Poe)가 이에 대한 올바르고 심오한 답을 내놓았다.

포의 말은 옳다. 별들까지의 거리가 아니라 시간의 한계 때문에 더 많은 별들이 보여야 하지만 이렇게까지밖에 안 보였던 것이다. 그 시간의 한계는 138억 년. 우리는 이 시간 안에 도달한 별들만 볼 수 있다. 바로 이것이 ‘관측 가능한 우주’다.

실제로 우주에는 우리가 볼 수 있는 별들 말고도 훨씬 더 많은 별들이 있을 것이다.

20세기 천문학의 최대의 업적으로 '빅뱅(BigBang) 이론'이 있다. 우주의 궁극적인 최초, 약 138억 년 전 점에서 시작한 우주는 폭발하듯 팽창해 지금의 거대한 우주에 이르렀으며, 지금도 여전히 빠르게 팽창하고 있다는 이론이다.

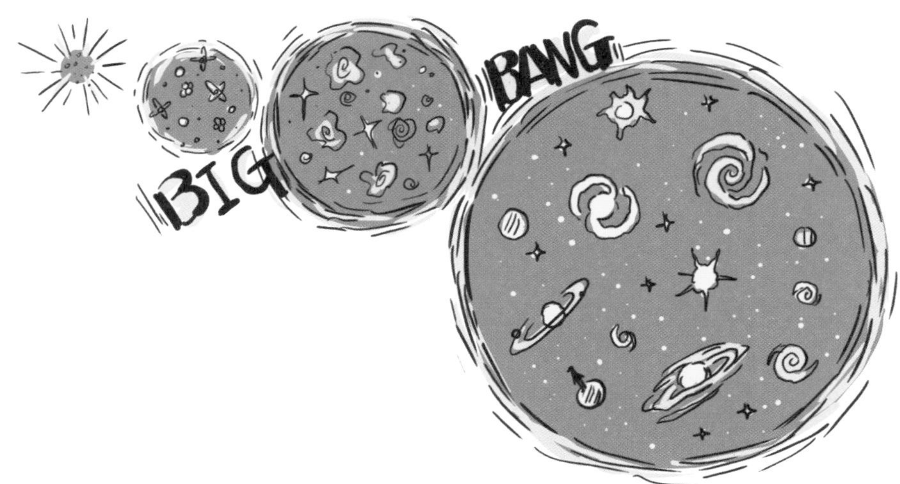

무지막지하게 팽창했기에 '관측 가능한 우주' 바깥에는 우리가 시간의 한계 때문에 볼 수 없는, 더더욱 엄청난 크기의 우주가 존재한다.

아찔하다. 우리는 바닷가 모래사장의 작은 모래알만도 못한 존재다. 안 그래도 거대한 서호주 땅에서 작아짐을 느꼈지만, 지금 서호주의 밤하늘은 그 이상을 느끼게 했다.

이곳에 열흘 넘게 있으면서 마음속에 자리 잡은 기분은 '공허함'이었다. 별을 보고 있는 동안 그 공허함은 더 커졌다. 우리는 혼자다, 그리고 나도 혼자다…….

뜬금없이 나의 현실적인 문제가 떠올랐다. 서호주에 있는 동안 '그녀'가 생각나지 않았다. 결혼하기로 한 그녀가.

으차~

아, 왜……. 혼자 있고 싶었는데.

우리뿐일까요?

그럴 걸요?
그렇겠죠?
이 우주에 우리 같은 존재가
더 있을 가능성은 없겠죠?

네? 우주 얘기하는 거예요?
외계인 같은 거?
진화론적으로는
없을 확률이 대단히 높죠.
우리 같은 생물이
한 세트 더 있는 건
상상하기 어려워요.

그러니까 특별한 거
아닐까요? 지금 이 시간이요.
두 번 다시 일어나지
않을 우연.

잠시만요.
벌떡

춥지 않아요? 여기서 밤을
지새우는 게 맞나 싶은데.

불 피울게~ 추워서 안 되겠어.

캠핑장으로 돌아가자!
추워~

송 대장~ 가자~

인생을 바꾼 단 한 번의 여행

마블 바에서 퍼스를 거쳐 다시 한국으로

우주 공간에는 기준이 될 만한 지표가 없다. 우주에서는 모든 부분이 정확히 동일하다. 따라서 우리는 우리의 위치를 알 수 없다. 마치 별 하나 뜨지 않고 바람 한 점 없는 밤에 조류도 없고 수심도 알 수 없는 고요한 바다 위에 나침반도 없이 떠 있는 것처럼, 우리가 어디로 향하는지 알 길이 없다. 우리에게는 항로를 추측할 항해일지도 없다. 이웃을 만나길 기대하며 이동 속도를 계산해보지만 그 이웃이 어디쯤 있을지 우리는 짐작조차 할 수 없다.

·제임스 맥스웰 (James Maxwell, 1831~1879)

열네째 날
6월 28일

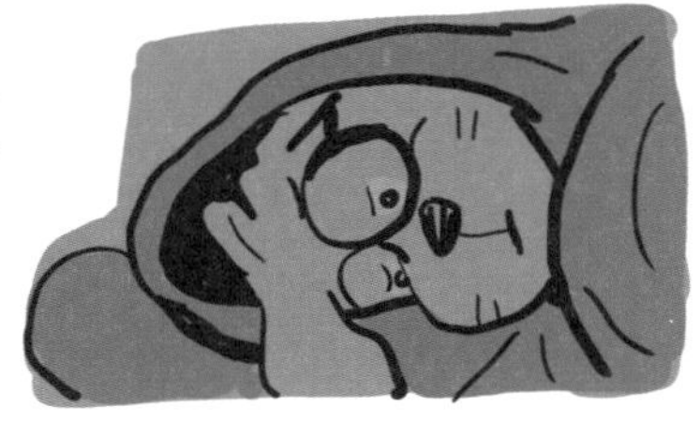

밤새 선잠을 잔 것 같다. 은하수가 수놓은 밤하늘 탓, 다음 날에 대한 걱정 탓으로. 빌어먹을 마블 바를 탈출하지 못한다면 정말 끝장나는 거였다. 인생이 망가질 정도까지는 아니더라도 분명히 정해진 날 직장에 출근하지 못할 거다.

오늘은 헤엄쳐서라도 마블 바를 벗어날 참이다. 우리는 이른 아침에 곧장 마을로 향했다.

놀라운 얘기를 들었다. 아침 일찍 차량 몇 대가 강을 건넜다는 것이다! 우리는 캠핑장으로 달려와 아무 말 없이 모든 짐을 차에 욱여넣었다.

확실히 강폭이 좁아져 있었다. 다른 차들이 안 보여서 불안한 마음이 들었지만 중요한 건 통과한 차들이 있다는 것이다!

가죠, 송 대장!
그래, 뭘 기다려!
지나갔다잖아.
부르르릉
액셀러레이터 계속 밟아.
가속 늦추지 말고 곧장 가요!
부아아
아앙

구르르릉~
쿠궁!
끼리리릭
끼리리릭~
끼리리리리릭
끄르르
끼리리릭~
끼리릭~

차가…… 멈췄다. 시동도 걸리지 않았다.

출발하기 전에 상태를 더 살펴봐야 했나…….

하~ 서호주에 오지 말았어야 했나. 이보다 최악은 없을 것이다.
여기서 무엇을 더 해야 한단 말인가?

지금까지의 인생이 주마등처럼 스쳐갔고,
형편없는 최근의 내 모습이 보였다.

나의 인생을 그래프로 그리면, 두 번의 낙하 지점이 있다. 40년 넘게 살면서 상승 곡선을 그린 적도, 한동안 안정적인 곡선이 계속된 적도 있었지만, 바닥으로 내리꽂히는 두 번의 위기가 있었다. 누구에게나 찾아오는 그런 순간들 말이다. 2013년 여름은 그다지 좋지 않은 일들이 계속되던 참이었다.

나는 개인적으로 목표 지향형 인간이라고 자평하는데, 이 시점에는 도무지 목표가 보이지 않았다. 무엇을 향해 달려왔는지, 앞으로 어디로 갈 것인지 매일 스스로에게 질문했다.

그전에는 설립해서 운영하던 게임 회사가 큰 회사에 매각되는 등 나름 성공했다는 외부의 평가를 받았다. 하지만 실속은 없었으며, 나 스스로에게 실망하고 있었다.

미뤄둔 석사과정을 마무리하기 위해 대학원에 복학했지만 석사가 무엇인지, 공부가 나에게 맞는지 혼란스러웠다. 모든 것에 확신이 없었다.

그러다 우연찮게 한 고등학교에서 과학 교사로 일하게 됐다. 1년 정도 학생들을 가르쳤지만 오래 일할 순 없을 것 같았다. 새로운 목표에 갈증이 나 있던 중 과학 만화책을 집필하고 출간을 기다리고 있었다. 결과가 좋을지는 두고 볼 일이었다.

게다가 당시 여자친구와의 결혼을 마지막까지 망설이고 있었다. 서호주로 출발하기 직전까지 이 일은 나를 괴롭혔다. 여자친구와 떨어져 지내다 보면 생각이 정리될 거라고 생각했다.

세상살이는 녹록지 않다. 꿈을 꾸지만, 그 꿈은 예상이나 기대와 다르게 어이없는 방향으로 흘러간다. 방해물을 만나 좌초하기도 한다. 그때가 그런 시기였다. 2013년도가 말이다.

서호주에 간 이유가 있었다. 모든 문제로부터 도망쳐 잠시라도 혼자만의 시간을 가지고 싶었다. 그런데 막상 이곳에 와서 보니 실패와 절망이 도처에 깔려 있었고, 나는 최악의 절망에 빠져버렸다. 그런 나의 삶의 여정이 눈앞에서 영상으로 재생되던 바로 그때…….

기적이 일어났다. 몇 분 동안 시동조차 걸리지 않던 차였는데, 차량 연료통이나 엔진구동계에 물이 들어간 게 분명해 보였는데, 갑자기 시동이 걸린 것이다! 하늘이 도운 찰나의 순간임을 직감했다.

단 한 번의 기회였다.
우리는 동시에 외쳤다.

믿기지 않는 일이 벌어졌다. 우리의 파제로가 물을 밀어내며 전진한 것이다. 초인적인, 아니 초자연적인 힘으로 강을 헤쳐 앞으로, 앞으로 나아갔다.

인생에서 손꼽을 만한 신성한 순간이었다.

그래, 희망은 절망 곁에 있었어!

대장, 멈추지 말고 계속 달려.
아직 엔진에 물이 남아 있을 거야.
절대 멈추지 마.

그 순간, 파제로는 단순한 차가 아니라 영혼이 깃든 존재 같았다. 우리가 어떻게 그곳을 빠져나올 수 있었는지, 지금 이 글을 쓰고 있는 순간에도 이해되지 않는다. 어쨌거나 녀석은 다시 살아났다. 그것도 모자라 강을 뚫고 나왔다.

한 번 멈췄다가는 차가 영영 멈출 것만 같은 기분에 우리는 쉬지 않고 달렸다. 차창 밖 풍경이 달라 보였다. 바람도 상쾌했다. 그렇게나 삭막했던 서호주 벌판이 천국으로 바뀌었다. 지금도 난 이때의 감정을 고스란히 간직하고 있다.

기적을 연출한 파제로였지만 기름 없이 달리는 기적을 바랄 순 없다. 로드하우스에 들러서 기름을 채워야 했다. 우리는 남은 돈을 다 털어서라도 기름진 걸 먹을 참이다.

반가운 얼굴들이 보였다. 마블 바에서 만났던 덩치 아저씨들은 우리를 보자마자 함박웃음을 지었다.

마치 전쟁에서 살아남은 전우들 같았다. 이들과 우리는 마블 바 탈출이라는 공통의 추억을 갖게 됐다.

지체할 시간이 없었다. 음식을 배에 가득 밀어 넣자마자 곧장 차에 올라탔다.

기억하는가? 앞서 서호주에서 두 번의 처절한 경주가 있었다고 했다. 첫 번째 경주는 과학자들을 만나러 가던 중 휘발유를 잘못 넣은 사고로 제럴턴으로 돌아갔다가 차를 바꿔타고 하멜린 풀로 질주한 것이었고, 두 번째 경주는 바로 이때였다. 내일까지 퍼스에 도착해야 다음 날 한국행 비행기를 탈 수 있었다. 계산상으로는 가능했지만, 확신이 들지 않았다. 그래도 고민할 건 없다. 그냥 달리면 되는 거다. 오늘 퍼스에 도착할 순 없겠지만, 최대한 거리를 좁혀두어야 내일에라도 당도할 수 있을 것이다. 중간에 사고가 발생하거나, 차에 이상이 생기지 않는다는 전제하에 말이다.

부릉아, 힘든 거 알아.
마지막으로 부탁할게.
제발 잘 견뎌줘.

차는 엄청나게 무리하고 있었지만 어쩔 수 없었다. 송 대장과 나는 운전 방식을 조금 수정해서 100~150킬로미터마다 운전대를 번갈아 잡았다.

해가 떨어지고 가까스로 쿠마리나 로드하우스에 도착했다. 하얗게 불태운 하루였다. 대충 텐트를 치고 실신하듯 잠들었다.

열다섯째 날
6월 29일

죽었다 환생한 것 같은 아침을 맞이하고 오늘의 지상 과제인 퍼스 도착을 위해 또 달렸다. 한참 달리다가 정오가 지날 무렵, 위치를 확인하고 나자 마음이 한결 편해졌다. 엄청 달렸나 보다. 생각보다 여유롭게 퍼스에 닿을 수 있는 거리에 와 있었다.

음악 CD를 재생할 여유도 생겼다. 뒷자리 동료들의 잠자는 얼굴에는 편안함이 묻어 나왔다.

듬성듬성 건물들이 보이더니, 도로가 넓어지고 차가 많아졌다. 문명사회로 돌아온 것이다. 달 탐사를 마치고 지구로 귀환한 우주인이 된 기분이 이럴까. 긴 여정의 종착역에 도달한 것이다.

미리 예약한 숙소에 짐을 내려놓은 후 렌터카 업체로 향했다. 주된 관심사는 첫 번째 차의 고장에 대한 비용이었다. 액수가 터무니없지 않기를 바랐는데 그나마 다행이었다. 우리는 마지막 걱정을 내려놓을 수 있었다.

마지막으로 주차장에 있는 우리의 친구, 파제로를 바라봤다. "고생했어, 초짜 탐험가들! 이제 집에 가서 편히 쉬어." 녀석이 미소를 지으며 우리를 향해 이렇게 말하는 것만 같았다. 나도 마음속으로 답했다. "내가 고맙지. 마블 바의 강에서 뛰쳐나오던 널 절대 잊지 못할 거야."

모든 것이 끝났다. 더 이상 마음 졸일 게 남아 있지 않았다. 송 대장이 아는 한국 음식점에서 김치찌개를 게걸스럽게 비우고 숙소로 돌아오는 길에 맥주와 와인도 샀다.

그동안 찍은 사진들을 훑어보다가 '이걸 왜 더 봐야 하지?' 하는 생각에 노트북을 덮었다. 유쾌한 대화 없이 각자 편한 자세로 맥주를 홀짝거렸다.

피곤한 탓인지 술기운이 거나하게 퍼질 무렵, 분위기가 묘한 방향으로 흘렀다. 신호탄을 쏘아 올린 이는 강 작가였다.

잘 다녀오긴
뭘 잘 다녀와요~?
우리 솔직해지자,
조 작가!
운 좋게 돌아온 거 알면서
왜 그래요? 어제 강 건넌 거
생각하면 지금도 아찔해.
미리 물 깊이를 확인했어야 했어.
큰일 날 뻔했잖아.
모든 게 엉터리였어.
그뿐이야?
여행 내내 불안에 떨었다고!
송 대장을 믿은
내가 바보다!
믿긴 뭘 믿어요.
다 같은 처지지.
대장! 대장!
이 말은 좀 그만 쓰시죠!
전 재산 톡톡 털어 왔는데,
작업 성과도 없고
빈털터리 됐잖아!
누가 강제로
데리고 왔어요?
탐험 내내
무서워서 벌벌 떨다가
떠나는 거라고!
잠깐만! 타임, 타임~
송 대장도
왜 급발진이야.
그만 좀 해!

결국 마지막 밤에 터져버렸다. 강 작가는 지금까지 참고 참다가 퍼스에 돌아오자마자 그동안의 설움을 터뜨렸다. 나도 그녀의 기분이 이해됐다. 하지만 송 대장도 탐험 내내 어깨가 많이 무거웠을 터였다.

나는 먹을 것과 맥주를 더 사 오겠다며 숙소를 나섰다.
답답해서 바람을 쐬고 싶은 마음이 컸다.

마지막 날
6월 30일

다음 날, 짐을 싸서 숙소를 나섰다. 공항에 가기 전, 퍼스 시내에 있는 박물관에 들렀다. 하지만 전시물에 그다지 눈이 가지 않았다. 한시라도 빨리 비행기에 오르고 싶을 뿐이었다.

한참 동안 공항에서 시간을 보내다가 비행기에 올랐다. 올 때와 마찬가지로 싱가포르를 경유했다. 인천 공항에 도착해서 함께 식사라도 하고 작별할 만도 한데, 우린 어색한 인사를 나눈 후 각자의 길로 갈라섰다. 안녕, 친구들. 안녕, 서호주…….

에필로그 : 서호주 탐험, 그 후

인생을 다시 산다면 다음번에는 더 많은 실수를 저지르리라!

-나딘 스테어 (Nadine Stair, 생몰년 미상)

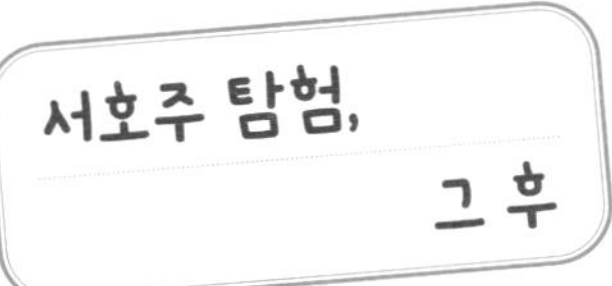

우리의 여정은 마블 바까지가 한계였다. 서호주 북쪽 해변에 미치지 못했고, 필바라의 스트로마톨라이트 화석을 만나보지도 못했다. 탐험 초기 계획이 뒤틀어진 뒤 안전을 최우선으로 두면서 더 깊은 야생으로 들어갈 수 없었고, 마블 바에서 내린 갑작스러운 폭우가 삼 일이나 우리 발목을 잡기도 했다. 그래도 어쨌거나 무사히 잘 돌아왔다.

우리가 서호주에서 한 일이라고는 불안에 떨며 장장 5,000킬로미터 넘게 질주한 것, 밤마다 차가운 땅바닥에서 선잠을 잔 것, 부족한 음식으로 굶주림에 시달린 것뿐이다.

서호주에서 그토록 갈망했던 따뜻한 샤워와 포근한 잠자리는 한국에 돌아오자마자 금세 익숙해졌다. 적응이랄 것도, 문명의 소중함에 감사할 겨를도 없었다. 시차 적응으로 인한 어려움조차 겪지 않았다. 완벽하게 원래의 일상으로 돌아왔다.

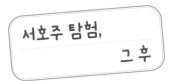

참, 한국에 돌아오자마자 한 일이 있다. 여자친구에게 이별을 고한 것이다.

짧은 연애 기간이지만 여자친구는 좋은 사람이었다. 하지만 보름간 서호주를 누비면서 그녀 생각이 전혀 나지 않았다. 여행 전에도 위태롭던 나의 마음은 여행 후 확실해졌다. 서호주 여행이 나의 결정에 어느 정도 역할을 한 것이다.

서호주에선 그렇게나 느리게 간다고 느꼈던 시간이 원래의 빠른 속도를 회복했다. 서호주에서의 모험은 지난밤의 꿈, 그것도 그렇게 유쾌하지는 않은 꿈 정도로 느껴졌다. 내 인생의 흐름에서 다소 벗어난, 기묘했던 경험으로.

서호주 탐험은 실패. 왜 실패일까? 그곳을 지질학의 성지이자 살아 있는 자연사 박물관이라고 하지만, 실제로 내가 보고 경험한 서호주는 그저 황량하고 메마른 붉은 황무지였다. 지적인 영감을 받았다고 할 수도 없고, 무엇보다 보름간의 탐험 동안 그다지 행복하지 않았다. 행복은커녕 탐험하는 내내 긴장의 끈을 풀 수 없었고, 시간에 쫓겼다.

지금 돌이켜 생각해보면 실패의 원인은 오롯이 나 자신에게서 비롯됐다. 탐험 초기에는 서호주를 맞이할 준비가 전혀 되어 있지 않았고, 안일했으며, 무모했다. 탐험 중반부를 넘어서면서부터는 조바심이 날 지배했다. 그때 우리는 모두 생산적인 탐험이 되어야 한다는 강박에 시달렸다. 나는 탐험 경험을 책으로 써야 했고, 강 작가는 많은 사진과 소리를 수집해야 했다. 서호주를 각자의 작품을 위한 도구로 인식했던 것이다.

생각해보니 탐험을 끝마치고 돌아온 후 책을 제대로 쓸 수 없었던 건 당연한 결과였다. 무엇을 담아야 할지 종잡을 수 없었으니까. 그런데 그 후 1년, 2년…… 시간이 흐르면서 마음속에서 서호주가 되살아났다. 언젠가부터 서호주가 그립고 다시 가고 싶다는 생각이 스멀스멀 살아나더니 급기야 마음속에서 판타지 같은 장소가 됐다. 사람이 배우는 방법에는 책 말고도 여행이 있다는 말의 의미를 깨닫게 됐다.

거의 10년이 되어서야 서호주 탐험에 대한 글이 써지기 시작했다. 써 내려가면서 그때의 기억이 더욱 강하게 되살아났고 그곳에 다녀온 느낌을 조금이나마 되새길 수 있었다. 그리고 이제 서호주 이야기를 끝낼 때가 됐다.

지금까지 내가 서호주에서 무엇을 봤고, 어디를 갔고, 어떤 사건을 겪었는지 여러 가지 에피소드를 이야기했지만, 실상은 다르다. 서호주에서의 시간은 대부분 비어 있었다. 하루 종일 차로 이동하면서 차창 밖으로 건물 하나 없는 단조롭고 따분한 풍경을 바라봐야 했으니까. 동료들과 대화를 많이 나누지도 않았다. 우리는 서호주라는 진공에 가까운 공간 속에, 별일 없는 퀭한 시간 속에 있었다. 이것이야말로 진정한 서호주다.

완전히 주관적이고 찬란한 기억의 시간, 서호주…….

메마른 흙의 질감과 유칼립투스 냄새가, 마른 나뭇가지가 불에 탈 때 나던 소리가 기억난다. 놀라울 정도로 선명하다. 장작불의 일렁임, 나뭇잎들 사이로 보이던 영롱한 별이 기억난다. 별빛이 한 가지 색이 아니라는 것도 그때 알았다. 사막의 밤은 너무나도 조용해서 아주 먼 곳에서 나는 소리도 잘 들렸다. 자동차 소리도, 왈라비가 캠핑장 쓰레기통 뒤지는 소리도 들을 수 있었다. 그 사소하고 별거 아닌 것들이 기억난다. '기억나다'는 말보다 지금 내 귀와 눈과 코와 입과 손에서 또렷하게 '느껴'지고, 내 머릿속에서 그때 그 순간처럼 '재현된다.'

어느 날 저녁에 구워 먹었던 양고기의 냄새와 혀끝에 느껴지던 노릿한 맛이 방금 식사를 끝낸 것처럼 생생하다. 눈을 감으면 마블 바에서의 마지막 날 밤, 하늘을 수놓았던 별들이 쏟아질 것 같다. 등에 닿았던 땅의 울퉁불퉁한 촉감과 얼굴 위에서 살랑이던 바람결이 지금도 느껴진다. 서호주에서의 시간은 몸에 새겨져 하나하나 선명한 감각으로 남아 있다. 그리고 지금 이 순간에도 그것들이 미치도록 그립다.

그리고 또 하나, 공허함이 그렇다. 서호주에서 느낀 그 감정은 어떤 단어로도 표현하기 어렵다. 거기엔 특별한 무언가가 있기 때문이다.

서호주에는 혼자서 오토바이나 차, 심지어 낙타를 타고 오랫동안 사막을 누비는 사람들이 있다. 아마도 이들은 서호주가 주는 공허함의 매력에 이끌렸을 것이다. 어떠한 문명의 산물도 존재하지 않는 날것의 자연이 서호주엔 있기 때문이다.

그들은 건조한 붉은 땅을 거닐고, 까만 밤하늘을 올려다본다. 적막함과 공허함을 찾기 위해서 말이다.

공허 속에 한참 있다 보면 깨닫게 된다. 공허함은 나를 오롯이 바라보게 하는 거울이라는 사실을. 공허함은 나를 묵묵히 바라보는 말 없는 친구가 되어 내가 살아 있음을 알려준다. 내가 무엇을 해야 살아 있음을 느끼고, 어떻게 하면 생동감 넘치는 삶을 살 수 있을지 말없이 조언한다.

탐험이 끝난 후 몇 년 지나 김과 연락이 닿았다. 서호주에서 그는 독일의 박물관이나 과학관에서 일하고 싶다는 말을 했는데, 실제로 그것을 실행에 옮겼다. 앞으로도 독일에 계속 머물 것으로 보인다.

강 작가는 귀국 후 우리와 연락을 완전히 끊었다. SNS 친구 관계도 모두 정리했음을 나중에야 알았다. 마치 그때의 기억과 인연을 모조리 지우겠다는 사람처럼…….

이 책을 마무리하는 시점에 물어 물어 그에게 연락을 취했다. 우려와 달리 유쾌하게 맞아주었다. 여전히 작품 활동과 다양한 사업을 왕성하게 하고 있었다. 인류가 멸종 직전까지 가도 마지막까지 살아남을 소수의 사람 중 하나가 바로 강 작가 아닐까.

송 대장은 그 후로 탐험 프로그램을 만들어 사람들을 데리고 서호주에 몇 번 더 다녀왔다. 방송에도 여러 번 나왔으며 책도 집필했다. 강연도 하며 열정적으로 살고 있다.

그때를 떠올리면 송 대장에게 여전히 '핵꿀밤'을 먹이고 싶지만, 실은 마음 한편에 그에 대한 존경심이 자리 잡고 있음을 인정하지 않을 수 없다.

앞뒤 생각하지 않고 일단 저돌적으로 해보는
목표 지향적 자세!

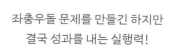

좌충우돌 문제를 만들긴 하지만
결국 성과를 내는 실행력!

이 두 점은 인정하고 배우고 싶다.

에너지 넘치는 김. 지금은 독일에서 에너지를 널리 전파하고 있을 것이다. 이 책을 쓸 때 김에게 많은 도움을 받았다. 김이 찍은 사진과 정리해놓은 자료가 없었으면 책 집필에 어려움이 컸을 것이다.

그가 매사에 꼼꼼하고 철저하다는 것은 서호주에서 이동할 때마다 배낭 끈을 매는 모습을 보고 이미 알아챘다.

끈이 풀리지 않게,
이렇게……!

어쨌든 우린 서호주에 있었어요.
서부 해안 도로를 지겹게 달렸잖아요.
사막을 입에 단내가 나도록
지나왔고요. 퍼스로 돌아오는
내륙 도로에서는 너무 빨리 달려
정신을 잃을 정도였죠.

그리고 뭐가
더 있었을까요?

하.

거기에는……
아무것도 없었어요.

아무것도 없으면서
동시에 엄청나게 많았지요.
그날 밤하늘의 별 개수만큼이나…….
어떻게 말해야 하나.
알아요, 무슨 말인지.

나 요즘 살 엄청 쪘는데
서호주에 다시 가야겠어요.
그때 나 5킬로나 빠졌던 거 알아요?

나도 그랬어요.

서호주 탐험을 다이어트
여행으로 광고해도 된다니까.

괜찮은 생각인데?

조진호 씨가 다시 추진해봐.
그럼 난 꼭 낄 테니까.

서호주 탐험을 마치며

이 책은 2013년 나와 세 명의 동료들이 서호주에서 함께한 탐험의 경험을 바탕으로 한 것이다. 무려 10년의 시간이 흐른 뒤에 출간하는 셈인데, 그 이유를 고백하자면 '게으름'이 가장 크고, 그 다음은 '어떻게 탐험기를 전해야 할까'에 대한 고민 때문이었다. 서호주로 떠나기 전까지만 해도 '지질학과 고생물학에 대한 풍부한 정보를 바탕으로 한 생명의 기원'을 주제로 잡았다. 그런데 귀국 후 원고를 집필하려니 머리가 돌아가지 않았다. 탐험 내내 죽어라 고생만 한 탓에 그때의 기억을 지우려는 본능이 나를 잠식했던 것 같다. 직접 그 땅을 밟기 전까지만 해도 서호주가 그 정도로 오지인지 상상하지 못했다. 인간이 만들어놓은 도로를 따라가는 것만이 생명을 부지하는 방법이었을 정도로, 그곳은 야생 그 자체였다.

탐험의 장면을 지우려는 나의 본능과 반대로 서호주에서의 기억은 천천히 온몸에 스며들었다. 시간이 흐를수록 그때의 기억은 더욱 또렷해졌다. 언젠가부터 이런 말을 되뇌는 나를 발견했다. '반드시 그곳에 다시 가겠어.' 놀랍도록 넓은 대지, 새카만 밤하늘의 수많은 별이 나를 기다리고 있었다. 그리고 공허함이 그리웠다. 직접 경험해보지 않으면 알 수 없는 그 감정이 탐험기 집필을 향한 나의 열정에 불씨를 붙였다.

올해 초, '나의 탐험기'를 담백하게 과장 없이 써보기로 방향을 정했다. 그러자 서호주에서의 경험이 구체적이고도 세세하게 떠올랐다. 그날의 감정이 선명해지면서 전체적인 이야기가 만들어졌다. 탐험대가 만난 서호주의 순간순간을 장면으로 그리는 동안 정말 행복했다. 다시 그곳에 간 것만 같아서. 부디 독자들이 내가 본 서호주가 가진 무궁무진한 가능성과 날것의 아름다움을 알아봐주기를 바란다.

특별히 이 책의 출간을 응원해준 분들에게 감사의 인사를 전하고 싶다. 서호주 전문가 백승엽 님은 다양한 활동으로 바쁜 와중에도 감수를 맡아주었다. 과학 탐험가이자 작가 문경수 님은 서호주의 이야기를 담은 이 책의 매력을 알아봐주고 추천사로 소개해주었다. 이들의 성원 덕분에 힘을 낼 수 있었다. 마지막으로 서호주 탐험을 함께한 동료들이 빠질 수 없다. 존경을 담아 이 책을 바친다. 그 시절 함께 고생하느라 정말 수고했다. 우리에게는 평생 안줏거리가 생긴 게 아닐까? 다시 뭉쳐서 또 가자고 말하지는 못하겠지만 말이다. 하하하!

2023년 3월
조진호

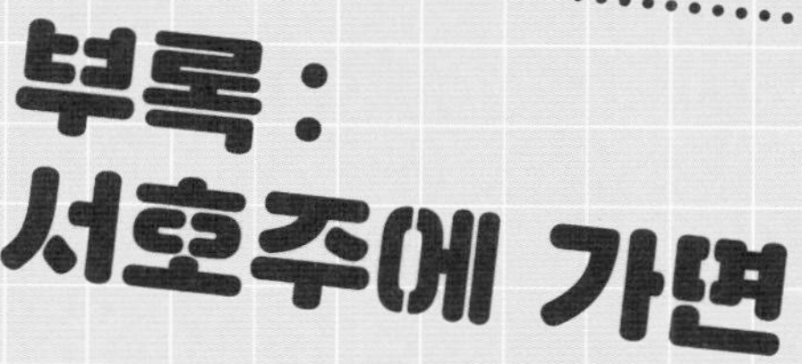

OREA ✈ AUSTRALIA

- 그날의 장면들
- 탐험 필수품
- 서호주 명소 추천

그날의 장면들

하늘에서 바라본 서호주

퍼스로 가는 하늘 위에서 내려다 본 샤크만의 풍경이다. 붉은 땅과 푸른 바다가 대조를 이룬다. 저 바다에는 스트로마톨라이트가 숨 쉬고 있다.

퍼스 킹스 파크의 바오밥나무

퍼스의 킹스 파크에 서 있는 바오밥나무. 사막에 있던 나무를 옮겨 심었다고 한다. 커다란 몸통은 수분을 저장하기 위한 구조다.

서호주 드라이브

전형적인 서호주의 풍경. 이곳을 달리고 또 달렸다.

피너클스 사막

사막 위에 수많은 암석 기둥이 솟아 있는 신기한 광경. 바위의 모습이 모두 각양각색이다. 어떤 바위는 사람의 얼굴을 닮았고, 어떤 바위는 사자가 떠오른다. 우리나라 같으면 바위마다 선녀바위, 사자바위 같은 명패를 세웠을 것이다.

듄 샌드

모래가 고와서 넘어져도 아프지 않다. 이곳에서 샌드보드를 타는 사람들도 많다고 한다.

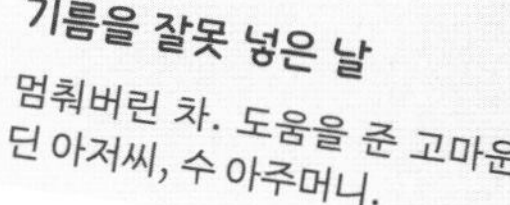

기름을 잘못 넣은 날

멈춰버린 차. 도움을 준 고마운 딘 아저씨, 수 아주머니.

좌절의 밤

카블라 포인트에 있는 100년이 넘는 오래된 숙소. 보름 동안의 여정에서 우리가 묵은 유일하게 지붕이 있는 곳이었다.

스트로마톨라이트

해안을 따라 펼쳐진 스트로마톨라이트. 스트로마톨라이트가 저 정도로 자라려면 얼마나 긴 세월이 필요할까.

카나번 안테나

과거 아폴로 탐사 계획 때 달로부터 신호를 받았던 거대한 카나번 안테나.

카리지니 협곡 아래에서

카리지니 협곡에서 소리를 녹음하는 강 작가.

마블 바로 향하는 길

카리지니 국립공원에서 마블 바로 향하는 길. 먹구름이 눈에 띈다. 역시나 다음 날 폭우가 쏟아졌다.

불

불 담당이었던 나. 불 피우는 것은 언제든 싫증 나지 않았다.

탐험 필수품

차량

서호주 탐험에 차는 필수다. 주요 도로는 포장되어 있지만 그마저도 우리나라의 도로처럼 말끔하지 않고, 곳곳에 비포장도로가 즐비하다. 서호주를 여행하는 데 있어 다른 돌발 상황은 어찌어찌 대처할 수 있지만 차량이 문제를 일으키거나 더 이상 차가 전진할 수 없다면 그 자리에서 탐험이 끝나버린다. 심지어 출발지로 돌아오기도 쉽지 않다. 특히 열흘 이상 탐험할 예정이라면 차량의 중요성은 더 커진다. 거친 비포장도로든 얕은 개울이든 돌파할 수 있는 내구력 짱짱한 차가 최고다. 짐을 많이 실을 수 있는 넉넉한 트렁크 공간도 필수다.

배낭

아주 큰 배낭이 필요하다. 서호주 아웃백에 바퀴 달린 캐리어를 가져간다면, 하루도 안 되어 아무짝에도 쓸모없음을 알게 될 것이다. 울퉁불퉁한 흙바닥에서 캐리어를 끌 수는 없을 테니 말이다. 옷과 음식 등을 아무렇게나 쑤셔 넣어도 되는 큰 배낭을 가져가길 바란다.

텐트

예쁘거나 멋진 텐트 따위는 집어 던져라. 텐트는 설치하고 철수하기 편한 것이 최고다. 기능이 많으면 좋겠지만, 우천 시를 대비해 방수만 잘 되어도 충분하다. 크기도 마찬가지. 사람이 똑바로 누웠을 때 좁지만 않으면 된다. 대신 침낭은 보온 기능이 완벽한 것으로 준비하자. 탐험 당시 오리털이 충전된 침낭을 챙겨 갔기에 서호주의 혹독한 초겨울을 견딜 수 있었다. 그랬는데도 기온이 뚝 떨어지는 새벽에는 추위 때문에 죽는 줄 알았다. 여름에도 마찬가지다. 낮에는 엄청나게 뜨겁지만, 해가 떨어지면 전형적인 내륙지역답게 온도가 급격히 떨어진다. 참, 사막에도 비가 내린다. 일 년 중 비가 가장 많이 오는 시기인 우기가 있음을 고려해 적절히 대비하자.

의류

호주의 낮에는 뜨거운 태양이 내리쬔다. 작열하는 햇빛은 생각보다 고통스럽다. 여름이라고 반소매, 반바지만 준비했다간 얼마 안 가 피부가 시커멓게 익을 것이다. 팔과 다리를 다 덮는 긴 옷이 필요하다. 계절과 지역에 맞는 옷을 준비하자. 자외선 차단제와 챙이 달린 모자는 꼭 챙겨라. 특히 장거리 운전을 할 예정이라면, 선글라스는 필수다. 맨눈으로 운전했다가는 강렬한 햇빛에 눈이 부셔 차창 밖 사물을 보지 못할 수도 있으니 말이다.

여름에도 패딩은 꼭 챙겨야 한다. 앞서 이야기했지만, 서호주의 밤은 무진장 춥다. 여행 기간이 보름 정도라면 그동안 입을 속옷을 충분히 가져가는 게 좋다. 빨래할 여유도 장소도 마땅치 않기 때문이다. 서호주의 환경상 등산할 일이 없기에 신발은 평범한 운동화를 추천한다. 스포츠 샌들도 요긴하지만, 야생으로 들어갈 예정이라면 안전을 위해 앞코가 막힌 신발을 신자. 바다나 해변에서는 물놀이용 신발인 아쿠아슈즈가 좋다. 백사장과 달리 작은 조개껍데기 조각으로 만들어진 해변에서 맨발로 걷다가는 지옥문이 열릴 수 있기 때문이다. 운동화를 신고 걷더라도 모래가 신발 안으로 들어와 불편할 거다.

음식

특별한 것 없다. 결국에는 조리가 간편한 것이 제일이니까. 음식에 있어 종류보다 중요한 건 양이다. 서호주에는 음식을 살 수 있는 곳이 많지 않고, 있더라도 작은 구멍가게 수준이다. 그래서 도시를 떠나기 전 음식을 가능한 한 많이 확보해야 한다. '이 정도 양이면 되겠지' 하는 것보다 딱 2배 양을 구입하길 바란다. 서호주에서는 먹어도 먹어도 허기진다. 탐험 당시 식량 부족으로 고통스러웠던 기억이 생생하다. 퍼스로 돌아왔을 때는 몸무게가 몇 킬로나 빠져 있었다. 나만 그런 게 아니라 다른 멤버들도 같은 상황이었다. 서호주 여행을 다이어트 여행 상품으로 기획해도 좋겠다는 말이 나올 정도였다. 고기와 커피는 많으면 많을수록 좋다. 하마터면 깜박할 뻔했는데, 역시 가장 중요한 건 물이다. 충분한 양의 물을 챙기자. 서호주에서는 어떤 일이 일어날지 모른다. 조난이 나와 먼 일이라고 예단하지 말기를. 사소한 거라면, 수저랄까? 어떻게 수저를 안 가져갈 수 있냐고? 우리 탐험대는 수저 챙기는 걸 잊는 바람에 고생했다. 어쩔 수 없이 내가 직접 나무를 깎아 젓가락 4세트를 만들었다. 탐험 내내 이것을 사용했는데, 덕분에 식사할 때마다 동료들로부터 칭송받기도 했다.

전자제품

차량용 인버터를 잊지 말자. 한국에서는 흔하디흔한 콘센트가 허허벌판 서호주에는 당연히 없다. 이동하는 차에서 충전할 수밖에 없기에 차량용 인버터가 필수다. 플러그 몇 개는 꽂을 수 있는 것으로 구비해야 함께 간 이들의 카메라, 노트북 등 꼭 필요한 전자제품을 동시에 충전할 수 있다. 내가 탐험을 떠났을 때만 해도 서호주에 가려면 위성전화기는 보험이라고 생각하고 준비해야 했다. 조난이나 차 사고 등 비상사태가 발생할 경우 문명에 닿을 수 있는 동아줄이었기 때문이다. 통화료가 엄청 비싸서 고국에 있는 부모님이나 친구와 통화할 때는 로드하우스에 있는 공중전화기를 이용했다. 서호주에서 며칠 지내고 나니 전화나 인터넷을 찾지 않게 됐을 정도다. 외부 세계와 단절된 서호주에서 나는 묘한 편안함을 경험했다. 그러나 최근에는 상황이 많이 달라졌다. 서호주의 거의 모든 지역에서 통신이 가능해진 것이다. 장기간 탐험할 예정이라면, 현지에 도착해 국영 통신사인 텔스트라(telstra)와 옵터스(optus)의 유심카드를 구입해 번갈아 사용하는 것을 추천한다. 공항보다는 시내에서 구입하자.

기타 용품

서호주 지도와 안내서, 나침반은 꼭 챙기자. 보통 이동할 때 차량용 내비게이션이나 스마트폰 지도 앱인 구글 맵을 사용할 테지만, 혹시 모를 상황에 대비해야 한다. 넓디넓은 데다 이렇다 할 랜드마크도 없는 서호주를 달리다 보면 방향감각이 사라질 수 있다. 차나 스마트폰에 문제가 생겨 길을 잃거나 조난될 수도 있지 않은가. 참, 기본적인 구급약품도 체크하자. 붕대, 반창고, 소염제, 소화제, 진통제, 파스 등이 들어 있는 구급상자 정도면 될 것이다. 위급한 상황은 누구에게나 발생할 수 있음을 꼭 기억하자. 사전에 서호주 여행 안내서를 읽고 공부한다면 더 좋다. 아는 만큼 보인다고, '남반구에서 보는 별자리' 같은 과학 정보를 미리 알고 가면 서호주를 한껏 즐길 수 있다. 지금까지 언급한 것들을 준비했다면, 됐다. 너무 많은 것들을 세심하게 고려해 준비할 필요는 없다. 짐을 최소화하는 것이 무엇보다 중요하다!

자, 이제 준비는 끝났다!
마음을 비우고 비행기에 올라타자.
빈자리에 무엇을 새로 채울 것인지는 여러분의 몫이다.

서호주 명소 추천

퍼스(Perth)

서호주의 주도. 서호주 전체 인구가 약 270만 명인데, 퍼스의 인구만 약 210만 명이다. 최근 산업도시로 한창 떠오르고 있다. 호주 동부 도시들과는 사뭇 다르게 퍼스에는 여유로움이 넘친다. 느긋하게 오후를 보낼 수 있는 해변 시티 비치(City Beach)와 오래된 건물이 잘 보존되어 있는 다운타운을 꼭 즐기기 바란다. 거대한 나무들이 즐비한, 세계에서 가장 큰 도심 공원 킹스 파크와 식물원(Kings Park & Botanic Garden)도 환상적이다.

란셀린 샌드 듄(Lancelin Sand Dunes)

퍼스를 떠나 한 시간 반 정도 해안선을 따라 북쪽으로 달리면 란셀린 샌드 듄에 닿는다. 하얗고 거대한 모래언덕에 올라 바다를 향해 모래 썰매인 샌드보드(Sandboard)나 사륜구동 오토바이를 탈 수 있다. 퍼스에서 당일치기로 이곳에 다녀오는 이들도 많다.

피너클스 사막(Pinnacles Desert)

란셀린 샌드 듄에서 북쪽으로 80킬로미터 더 올라가면 피너클스 사막에 도착한다. '피너클'이라 불리는 기괴한 돌기둥들이 노란색 모래사막에 서 있는 모습이 장관인 장소다. 밤에 암석 기둥들에 둘러싸여 보는 아름다운 은하수는 명성이 자자하다. 이곳에서는 연신 사진을 찍을 수밖에 없을 것이다.

제럴턴(Geraldton)

퍼스에서 북쪽으로 400킬로미터 떨어진 항구도시로, 인구가 3만 명 정도다. 그런데도 서호주에서 네 번째로 인구가 많은 도시라고 하니, 서호주가 얼마나 오지인지 다시 깨닫게 된다. 제럴턴은 최근 바닷가 휴양지로 인기가 좋다. 공항뿐 아니라 주변에 각각 다른 스타일의 해변이 10여 개나 된다. 한 번쯤 들러봐도 좋겠다.

네런네런 휴게소(Nerren Nerren Rest Stop)

캐러밴을 타고 서호주를 여행하는 이들을 위해 24시간 운영하는 휴게소다. 야외 테이블과 의자는 물론, 불을 피우기 좋은 캠프파이어 구덩이도 있다. 여러 시설을 갖춘 쉼터라고 생각하면 되겠다.

빌라봉 로드하우스(Billabong Roadhouse)

주유나 식사를 할 수 있는 고속도로 휴게소가 바로 호주의 로드하우스다. 빌라봉 로드하우스는 맛있는 요리로 널리 알려져 있다. 깨끗한 호텔은 물론 캐러밴 공원도 있어 하루 정도 묵기에도 좋다. 재미있는 호주 기념품을 파는 상점도 있다.

하멜린 풀 스트로마톨라이츠(Hamelin Pool Stromatolites)

서호주의 그 유명한 샤크만, 그곳에서도 구석진 곳에 자리한 국립공원 하멜린 풀 스트로마톨라이츠에는 꼭 가자. 썰물 시간에 가면 원시 미생물의 흔적인 스트로마톨라이트를 볼 수 있다. 해가 지는 시간에는 노을빛에 덮인 바다의 아름다움이 경이로워 입이 다물어지지 않을 것이다.

카나번 우주 기술 박물관(Carnarvon Space and Technology Museum)

아폴로 탐사선이 달에서 쏜 전파를 받아 중계한 거대한 안테나를 먼저 보고 나서 박물관에 들러도 좋겠다. 규모는 작지만, 당시 사용한 우주 통신 장비가 잘 보존되어 있다. 아폴로 11호 캡슐 내부의 시뮬레이션 프로그램을 사용해볼 수도 있어 기억에 남는다.

하멜린 풀 캐러밴 파크(Hamelin Pool Caravan Park)

스트로마톨라이트가 있는 해변에서 5분 거리에 있다. 숙박 시설과 식당, 카페, 캠핑장이 준비되어 있다. 작은 박물관도 있는데, 과거에 사용한 통신 장비, 작은 스트로마톨라이트, 지구 생물의 역사를 보여주는 소장물이 소소하고 귀엽다. 바닷가 옆 캠핑장은 평화로워 시간 보내기에 안성맞춤이다.

이글 블러프(Eagle Bluff)

샤크만의 전망대. 아득하게 먼 수평선과 드넓은 평야를 조망할 수 있다. 쌍안경으로 거북이, 상어, 가오리도 볼 수 있다. 산호초가 있는 바다에서 생활하는 듀공을 만나는 행운을 맛볼 수도!

셸 비치(Shell Beach)

한없이 투명한 바닷물과 따끔거리는 새하얀 조개껍데기 해변. 사실 호주 곳곳에 셸 비치가 있다. 조개껍데기 조각으로 이루어진 해변이라 맨발로 걷기 쉽지 않다. 운동화를 신어도 조개껍데기 조각들이 빈틈으로 들어온다. 여정 중 셸 비치에 들를 예정이라면 아쿠아슈즈를 꼭 챙기자.

샤크만 디스커버리 센터(Shark Bay Discovery Centre)

데넘(Denham)에 있는 관광 정보 센터 겸 박물관이다. 샤크만을 구석구석 탐험하고 싶다면, 이곳을 방문하라. 자세한 정보를 얻을 수 있을 것이다.

카블라 포인트(Carbla Point)

릭, 크리스티나 부부가 운영하는 낡은 숙소가 있는 곳이다. 숙소는 오래된 양철판으로 만들어져 특유의 묘한 분위기를 풍긴다. 근처에 하멜린 풀에 버금가는 스트로마톨라이트 군락지가 있다. 관련 연구자가 아니면 들어갈 수 없다고 하니, 참고하기를.

카리지니 국립공원(Karijini National Park)

서호주 필바라 지역에 있는 해머즐리 산맥(Hamersely Range) 중심에 있는 국립공원이다. 호주에서도 가장 위험하고도 아름다우며 날것 그대로의 자연을 간직하고 있다. 깎아지른 협곡 아래로 내려가면 25억 년 이상 된 태고의 지형을 만날 수 있다.

카리지니 관광안내소(Karijini Visitor Centre)

카리지니 국립공원에서 그리 멀지 않은 곳에 있는 안내소다. 건물 외형이 매우 예술적이다. 안으로 들어가면 카리지니에 서식하는 동식물에 대한 정보와 지역의 역사를 배울 수 있다.

데일스 캠프그라운드(Dales Campground)

카리지니의 허허벌판에 덩그러니 있는 야생의 캠핑장. 밤에는 딩고가 가끔 출현한단다. 멀지 않은 곳에 데일스 고지(Dales Gorge) 협곡과 포테스큐 폭포(Fortescue Falls) 등 가볼 만한 곳이 꽤 있다.

마블 바(Marble Bar)

서호주 북서부 지역으로, 한여름에는 기온이 섭씨 50도 가까이 오른다. 척박한 서호주에서 윈덤(Wyndham)에 이어 두 번째로 뜨거운 지역이란다. 이런 곳에도 사람이 사는 작은 마을이 있다. 또한 스트로마톨라이트가 포함된 암석층이 있어 과학자들이 연구를 위해 자주 찾는다.

아이언 클래드 호텔(Iron Clad Hotel)

마블 바에 있는 소박한 호텔이다. 호텔의 시설보다는 그곳에 딸린 오래되어 고색창연한 술집이 유명하다. 햄버거를 파는데, 맛이 기가 막히다. 시원한 맥주까지 함께하면 마블 바의 뜨거운 날씨도 이겨낼 수 있을 것만 같다.

마블 바 홀리데이 파크(Marble Bar Holiday Park)

마블 바 시내에 있는 캐러밴 공원. 훌륭한 잔디밭은 텐트를 치기에 딱이다. 간단한 취사 시설을 갖추고 있고, 샤워 시설도 양호하다. 이 정도면 서호주에서는 최고의 캠핑장이다.

재스퍼 바(Jasper bar)

마블 바에서 멀지 않은 곳에 있는 지질학적 장소다. 물살이 깎아놓은 거대한 바위의 단면이 너무나 특이하고 아름답다. 최고급 소고기의 마블링 같다고나 할까? 주변의 경치 또한 독특하니, 천천히 시간을 보내도 좋겠다.

쿠마리나 로드하우스(Kumarina RoadHouse)

넓은 주차장처럼 보이지만, 이곳도 휴게소라 음식을 사고 기름을 넣을 수 있다. 숙소도 있어 트럭 운전사들이 많이 들른다. 덕분에 나란히 주차된 거대한 트럭들을 만날 수 있다. 일몰이 아름답고, 황량한 서호주의 분위기를 물씬 느낄 수 있어 많은 이들이 찾는다.

지구 태초의 모습을 찾아 떠나다

서호주 탐험가를 위한 과학 안내서

초판 1쇄 인쇄 2023년 5월 16일
초판 1쇄 발행 2023년 5월 24일

지은이 조진호
펴낸이 이승현

출판1 본부장 한수미
컬처 팀장 박혜미
편집 이문경
디자인 김태수
조판 박수진, 홍영사

펴낸곳 ㈜위즈덤하우스 **출판등록** 2000년 5월 23일 제13-1071호
주소 서울특별시 마포구 양화로 19 합정오피스빌딩 17층
전화 02) 2179-5600 **홈페이지** www.wisdomhouse.co.kr

ISBN 979-11-6812-640-4 03810

· 이 책은 과학기술진흥기금 및 복권기금으로 수행된 성과물로 우리나라 과학기술발전과 사회적 가치 증진에 기여하고 있습니다.

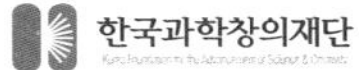